L'enquête sur les actions médiocres

L'enquête sur les actions médiocres

par Rebecca Lim

Écrit et illustré par Rebecca Lim
Design par Christy Harris

Paru sous le titre original de : *The Case of the Dastardly Deeds*

Publié par Presses Aventure, une division de
Les Publications Modus Vivendi Inc.
55, rue Jean-Talon Ouest, 2e étage
Montréal (Québec)
Canada H2R 2W8

Dépôt légal - Bibliothèque et Archives nationales du Québec, 2007
Dépôt légal - Bibliothèque et Archives Canada, 2007

Traduit de l'anglais par : Catherine Girard-Audet

ISBN-13 : 978-2-89543-538-9

Nous reconnaissons l'aide financière du gouvernement du Canada par l'entremise du Programme d'aide au développement de l'industrie de l'édition (PADIÉ) pour nos activités d'édition.

Table des matières

RECHERCHÉ

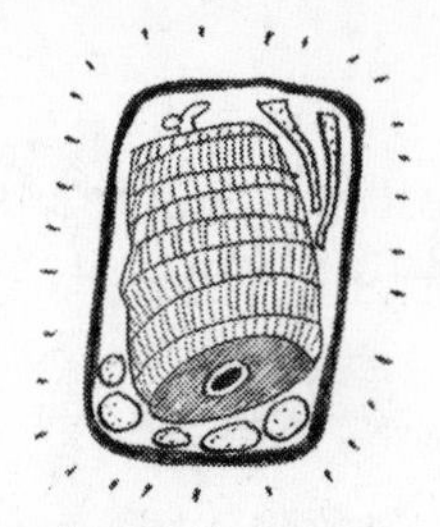

Encore des sandwichs à l'agneau et au chutney

Whiffy Newton, dont le vrai prénom est Alfred, se réveilla en grommelant.

Ce n'était pas dû au fait que son premier cours du mardi soit les mathématiques (bien que l'idée était suffisante pour faire grommeler quatre-vingt-sept enfants de la ville, qui sortaient du lit). En fait, il aimait bien les maths. Le véritable problème était que les plus grosses brutes de première secondaire étaient dans sa classe de maths. MAIS NOUS EN PARLERONS PLUS TARD.

Même ses deux meilleurs amis s'étaient mis à l'appeler Whiffy. Le nom s'était répandu dans à peu près toute l'école. Il attendait juste le jour où monsieur Cottles, son tuteur en **FORME DE SAC POIRE**, commencerait lui aussi à l'appeler Whiffy. Il saurait alors que sa vie était officiellement terminée et qu'il était temps de quitter la ville.

* * * *

Bruce, le père de Whiffy, était monoparental depuis la mort tragique et prématurée de sa femme, et il ne savait cuisiner que trois plats :

SPAGHETTI, thon sauce Mornay, et *rôti d'agneau.*

Parce qu'il tenait à ce que son fils profite de tous les avantages nutritifs d'un bon repas préparé à la maison comme les autres jeunes de l'école, Bruce Newton avait développé la mauvaise habitude de faire cuire un énorme rôti d'agneau chaque dimanche soir. Cela voulait généralement dire pour Whiffy des sandwichs à l'agneau et au chutney tous les jours d'école sauf le vendredi, où il ne restait plus d'agneau. Il se réjouissait alors de commander un pâté à la cafétéria.

Bruce se disait que, comme il était impossible de fourrer du spaghetti ou du thon sauce mornay entre deux tranches de pain, il fallait bien y mettre du rôti d'agneau, tant et aussi longtemps qu'il y en avait. Il ne pensait pas à acheter des garnitures ordinaires comme du fromage en tranches, des tomates, du jambon, de la laitue ou même du beurre d'arachide. Il ne pensait tout simplement pas de cette façon. Il faisait ses courses sur Internet et ne commandait que de grandes quantités de ce qu'il considérait être des aliments de base. Il n'y avait pas la moindre trace de malbouffe dans toute la maison, au grand désespoir de Whiffy.

Parfois Whiffy réussissait à manger à la cafétéria deux fois par semaine, lorsqu'il arrivait que son père oublie complètement de préparer le souper et commande alors des mets pour emporter, et qu'il n'y avait pas de restants. Mais c'était habituellement du rôti d'agneau froid. De gros morceaux **figés** tout blancs et tout collants, tranchés en rondelles épaisses et étalés avec deux centimètres de chutney traité, cela parce que Bruce Newton avait été forcé d'endurer

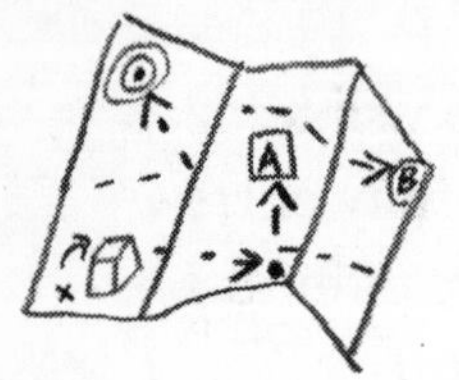

ça lorsqu'il était jeune garçon (et qu'il avait ensuite conclu qu'il était normal que les garçons en pleine croissance en mangent). Les sandwichs à l'agneau atteignaient évidemment un niveau de puanteur extrême le jeudi.

Ce qui était malheureusement la journée où Whiffy s'était fait voler sa boîte à lunch bleue, et tout le monde connaissait la suite. Il était maintenant condamné à se faire appeler Whiffy[1] jusqu'à la fin de ses jours.

* * * *

« Debout, Alfred ! » chanta le père de Whiffy du bas des escaliers, qui n'avait aucune idée que des centaines de personnes appelaient son fils Whiffy à cause de ses créations culinaires.

Whiffy et son père habitaient ensemble dans une maison étroite possédant un escalier un peu torsadé qui menait au deuxième étage. L'étage supérieur était exigu et ressemblait à un grenier. C'est là que se trouvaient la chambre à coucher asymétrique de Whiffy et une salle de bain juste

1 *Whiffy* est un mot anglais qui signifie « puant ».

assez grande pour accueillir une personne à la fois. La maison portait un joli nom, même si l'intérieur n'avait plus grand-chose de bien joli depuis la mort de sa mère. Il y traînait partout des papiers et diagrammes des travaux en cours de Bruce Newton, ainsi que des chaussettes et des tasses de café sales.

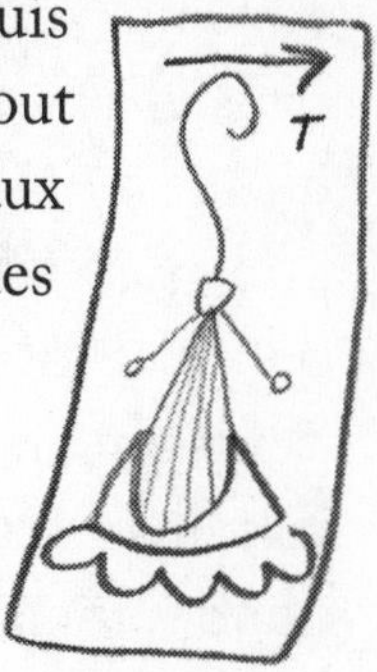

Whiffy ne savait pas exactement ce que son père faisait dans la vie (il avait un doctorat en machinchouette appliqué). Il avait donc pris l'habitude de dire à ceux qui posaient la question que son père était un inventeur, puisqu'il consacrait tout son temps à inventer. Mais aucune de ses inventions ne s'était jamais rendue sur les étagères d'une boutique parce qu'elles étaient toujours en phase expérimentale. Chaque fois que Whiffy demandait à son père à quel moment il serait possible d'acheter un authentique Bruce Newton, ce dernier lui répondait : « J'en suis encore à la phase expérimentale, mon garçon », et voilà.

Whiffy se redressa, ses cheveux châtain clair tous dressés sur un seul côté de sa tête.

Même si son père était un genre de père au foyer, qui passait toute la journée à réfléchir dans le pavillon-jardin situé à l'arrière de *Chez Newton*, il ne pensait pas vraiment à faire le lavage, et ne le faisait qu'au moment où la pénurie de sous-vêtements atteignait des PROPORTIONS CATASTROPHIQUES dans la maison. Alors Whiffy retira son pyjama défraîchi, renifla le t-shirt qui reposait le plus près de son lit, et l'enfila avec un pantalon kaki semi-propre, qui devenait trop serré et trop court.

« J'arrive », cracha-t-il, la langue grosse et pâteuse parce qu'il avait dormi la bouche ouverte durant toute la nuit.

Il se brossa les dents rapidement et descendit en grommelant en souliers de course et avec des chaussettes rouges mises à l'envers.

Lorsqu'il entra dans la cuisine, il **sentit** plus qu'il ne vit sa boîte à lunch sur la table et, comme d'habitude, son estomac gronda son mécontentement.

« C'est l'heure de partir », dit joyeusement son père, aplatissant les cheveux hirsutes de Whiffy et glissant l'infâme boîte à lunch bleue à l'intérieur de son sac à dos.

Il poussa Whiffy vers la porte et lui tendit une barre müesli et une bouteille remplie de liqueur d'ananas. C'était sa version condensée du déjeuner et de la collation de l'avant-midi.

« Ce n'est pas que mon père ne m'aime pas », réfléchit Whiffy en fermant la porte. « Il est juste impatient que je parte pour pouvoir courir vers son atelier et s'occuper des choses qu'il a à faire là-bas. »

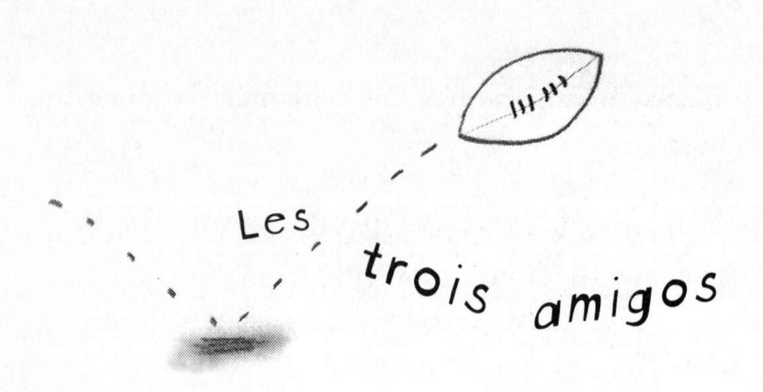

Les trois amigos

Whiffy soupira alors qu'il marchait les trois coins de rue le séparant de l'école, empruntant le raccourci qu'il prenait habituellement. Il passait par la cour arrière d'un vieux bonhomme quand il était certain que le type ne le voyait pas.

Il rejoignit ses deux meilleurs amis, Doreen Wing et Paz Colón, près des portes de l'école, et ils se précipitèrent ensemble dans la classe de monsieur Cottles une seconde avant que la cloche sonne.

« Les trois brutes sont dans mon premier cours », chuchota Whiffy à ses deux meilleurs amis tandis qu'ils levaient la main pour

répondre à l'appel par ordre alphabétique des noms. Monsieur Cottles leur répondit avec son traditionnel grognement rébarbatif.

« Mes sincères condoléances », répondit Doreen avec une étincelle antipathique et pleine de méfiance dans ses yeux brun foncé. Sa bouche bougea à peine.

Elle était dans le cours de maths le plus horrible, là où ils mettaient tous les génies. Elle n'arrivait donc pas à s'imaginer les pires brutes de première secondaire en train d'épeler les mots « théorème de Pythagore », et encore moins en train de calculer une hypoténuse.

Doreen était Chinoise. C'était l'une de ces filles qui s'arrangeaient impeccablement et qui portaient des rubans qui s'agençaient toujours avec leurs vêtements. Elle jouait plus d'un instrument de musique *et* savait chanter juste. Même si elle avait un peu l'air d'un modèle de vertu, elle n'avait pas peur d'essayer de nouveaux trucs ET elle jurait beaucoup, parce que sa famille était établie ici depuis les années cinquante et qu'elle aimait le rugby plus que tout au monde, y compris le canard rôti. Chaque année, son père entrait dans une sorte de deuil après la grande finale, et se ragaillardissait au mois de mars, lorsque les trucs d'avant-saison se mettaient en branle.

Le Bureau de l'immigration avait changé leur nom de famille de **WANG** à **WING** parce qu'il avait confondu le prénom de son grand-père avec son nom de famille, et les choses étaient restées ainsi. Ils s'appelaient maintenant Wing.

Paz, dont le vrai prénom est Pasquale, avait une tignasse de cheveux bruns, frisés, et des yeux bleu pâle. Il avait une garde-robe inépuisable de chandails d'équipes internationales de soccer, et il faisait partie de la deuxième meilleure classe de mathématiques. Ses vraies forces étaient l'histoire, l'anglais et le jeu *Trivial Pursuit*. Sa famille venait de la Colombie et possédait une compagnie de nettoyage située dans une tour. Lorsqu'il n'était pas à un entraînement de soccer, Paz aidait souvent ses parents durant les fins de semaine.

Paz et Doreen se disputaient souvent à propos des règlements de rugby. La querelle durait habituellement deux heures, puis ils se réconciliaient et redevenaient des amis. Whiffy ne se disputait jamais avec aucun des deux parce que son père ne croyait pas aux sports et que lui-même ne s'était jamais senti assez qualifié pour se ranger d'un côté ou de l'autre.

Les repas de Doreen et de Paz étaient toujours plus intéressants que ceux de Whiffy. Ses amis avaient parfois pitié de lui, et même s'ils étaient affamés, Doreen pouvait lui offrir la moitié de son plat de nouilles frites ee fu ou Paz l'une de ses **empanadas** farcies à la viande hachée, aux œufs et aux olives. En bref, ils étaient de vrais amis.

C'est en fait de cette façon qu'ils s'étaient rencontrés, lors de leur première journée à l'école secondaire Kentwood. Whiffy tenait son AGNEAU ET SON CHUTNEY INFECTS DANS SES MAINS, et il les avait aperçus assis un à côté de l'autre en train de manger autre chose que des sandwichs. Il avait été piqué par la curiosité et s'était dirigé vers eux. Il s'était présenté, leur avait demandé ce qu'ils mangeaient, et voilà tout.

Ils étaient amis pour la vie.

La cloche retentit pour signaler le début du premier cours.

« Ne leur prête aucune attention, Whiffy », dit solennellement Paz en s'éloignant dans le couloir. « Si tu survis, on se verra à la récréation. »

Les trois brutes

Les brutes commencèrent à interpréter leur chant de bêtises habituelles et assommantes dès que Whiffy brandit son nez retroussé et couvert de taches de rousseur dans la troisième meilleure classe de maths de madame Doddits. (Les gens de la quatrième meilleure classe étaient souvent reconnus comme ceux qui n'avaient aucun espoir, et comme le disait souvent la directrice adjointe, madame Marabou, ils étaient généralement destinés vers les sciences sociales.)

Voici Whiffy
Ses repas sont pourris
Ses amis sont des bûcheurs et des nuls
Et ses vêtements sont absurdes

La chanson comptait plusieurs autres vers aussi ennuyeux, mais ils n'arrivaient généralement qu'à en chanter un et demi avant que madame Doddits ne frappe violemment le tableau avec une règle à mesurer et ne se mette à discuter de nombres irrationnels de façon très abstraite, un peu comme si elle parlait toute seule (ce qui était généralement le cas).

« Ils » référait à Solly Banfrey et à ses deux acolytes.

ACOLYTE # 1 : Piggy Lugton — Voleur compulsif de boîtes à lunch. Responsable d'évacuer des pets silencieux mais mortels (ou PSM) et capable de péter à des moments précis. Également responsable du vol de la boîte à lunch bleue susmentionnée de Whiffy et de lui avoir donné un surnom par lequel il était maintenant universellement connu.

ACOLYTE # 2 : Jugs Morrison — La fille la plus dure de première secondaire. Elle était également une excellente péteuse. On la surnommait « Jugs[2] » parce qu'elle avait une très grosse poitrine . Elle mesurait près de six pieds. Ceux qui croisaient son chemin se retrouvaient inévitablement enfermés dans leur

2 *Jugs* est un mot anglais qui réfère à la poitrine d'une femme.

propre casier avant de recevoir un coup de poing parfaitement manucuré.

Il n'y avait pas grand-chose à dire à propos de Solly Banfrey mis à part qu'il était très petit, qu'il avait des cheveux extrêmement gras et qu'il avait un penchant pour les t-shirts de *death metal*. Il exerçait une sorte de pouvoir magnétique et machiavélique sur Piggy et Jugs qui les poussait à faire tout ce qu'il voulait. Il s'agissait d'un mystère qui devrait un jour être élucidé.

Lorsque madame Doddits avait le dos tourné, Solly lançait des boulettes de papier remplies de salive au plafond ou derrière la tête de Whiffy. Ce dernier s'assoyait seul dans la première rangée en raison de sa pauvre vision. Bien qu'ils n'aient rien contre lui, les autres élèves se mettaient à rire. C'était simplement amusant de se payer la tête d'un seul garçon.

Le cours de sciences n'était pas vraiment mieux.

Tandis que Solly et Piggy assistaient à leur cours d'art, au grand plaisir de Whiffy, Jugs Morrison était sa partenaire de sciences car leurs noms de famille se suivaient alphabétiquement.

Et puisque le physique imposant de Jugs semblait intimider docteur Chuter, leur vieux professeur de sciences, ce dernier avait tendance à croire Jugs lorsqu'elle soulevait ses ongles pesamment vernis pour raconter que Whiffy brûlait encore le bout de ses cheveux dans le bec Bunsen ou jouait avec l'acide chlorhydrique, alors qu'il n'était pas censé le faire. Whiffy avait une retenue au moins une fois par mois en raison de ces **crimes scientifiques imaginaires.**

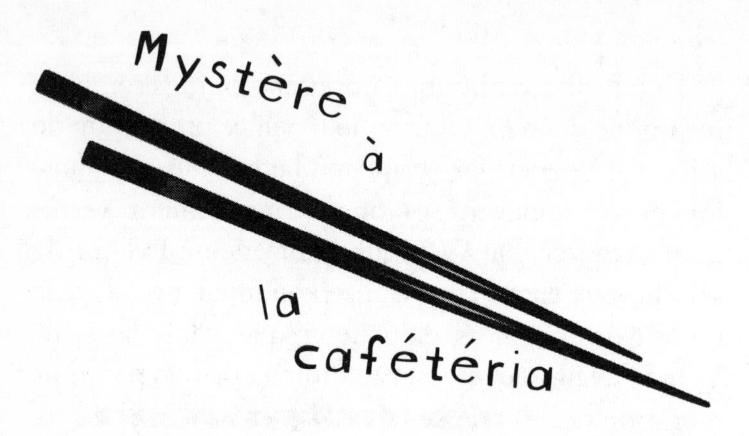

Mystère à la cafétéria

Lors de la récréation, Doreen prit Whiffy et Paz à part et leur raconta d'un ton chargé d'anticipation : « Quelque chose de mystérieux s'est produit à la cafétéria ce matin. »

Whiffy oublia aussitôt ses problèmes et entraîna ses amis vers un banc tranquille situé dans la cour intérieure pour entendre la suite. Même si l'odeur du rôti d'agneau le répugnait, il était toujours avide d'élucider un nouveau mystère.

En raison de sa conduite impeccable en classe et de ses notes scolaires toujours parfaites, Doreen entendait souvent les ragots des professeurs. (Tous les professeurs baissaient leur niveau de surveillance autour des élèves coiffés impeccablement et qui n'obtenaient que des A : c'était une règle universelle.) Doreen était donc parfois au courant de certains ragots plusieurs semaines avant que monsieur Pumley, le directeur, grimpe sur ses vieilles jambes lors d'une assemblée hebdomadaire pour leur dire de ne pas s'inquiéter, même si quelque chose *avait* effectivement fait courir le vieux conseil scolaire dans tous les sens.

« Raconte », dit Paz en entamant un PETIT PAIN ROULÉ À LA SAUCISSE MERGUEZ, AUX PIMENTS DOUX JALAPENOS ET AUX OIGNONS FRITS que sa mère lui avait préparé et dont la proximité faisait saliver Whiffy.

« Tu peux pas en avoir », dit Paz avec regret en éloignant son pain de Whiffy. « C'est mon plat préféré et je suis affamé. Mange ton agneau dégoûtant. Allez Doreen, crache le morceau ! »

Doreen se mit quant à elle à manger un joli contenant rempli de quenelles à la vapeur fraîchement cuisinées par sa mère.

« Bon, d'accord espèce d'idiot, tu peux en avoir un, mais c'est tout. »

Elle tendit son contenant à Whiffy en lui lançant un regard perçant et dit d'un ton dramatique : « Il y avait des *flics* un peu partout dans la cafétéria ce matin. La police. Très tôt. Madame Load croit qu'il s'agit d'une entrée par effraction délibérée, mais les voleurs ne se sont attaqués qu'aux chips. Deux grosses boîtes et tout ce qui se trouvait sur les étagères. Imaginez. Le voleur doit en raffoler. »

Whiffy avait furtivement dévoré deux quenelles pendant le récit de l'histoire. Doreen lui arracha le contenant des mains avant qu'il ne les dévore toutes et elle reprit ses baguettes en carton d'un air offusqué.

« Si c'est vrai », dit Whiffy en mastiquant lentement afin de savourer chaque bouchée qui ne goûtait pas l'agneau, « ça veut dire que les étagères à chips devraient encore être vides à l'heure du dîner. Ils n'auront pas le temps de les remplir d'ici là. Je vais aller fouiner en allant m'acheter un pâté. Pouvez-vous me prêter chacun un dollar, s.v.p. ? »

Doreen et Paz se regardèrent en roulant les yeux et en fouillant dans leurs poches. Ils étaient habitués à ce que Whiffy soit chroniquement affamé et les arnaque pour avoir de la monnaie et jeter son sandwich à l'agneau à la poubelle.

« L'Agence est de retour ! », dit Whiffy avec joie, en esquissant ce sourire contagieux qui faisait toujours sentir à ses deux meilleurs amis qu'une fois réunis, ils pouvaient résoudre n'importe quel mystère.

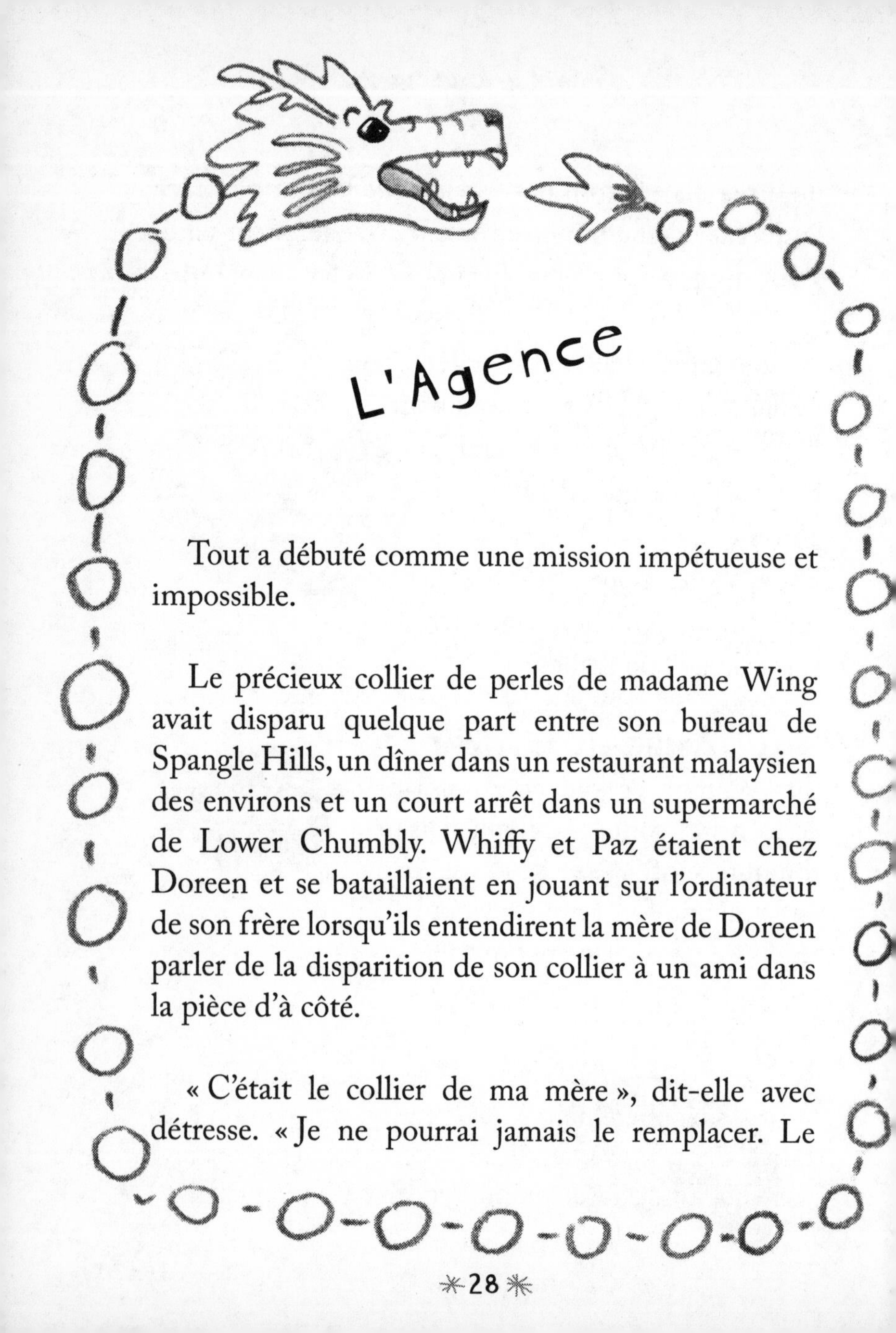

L'Agence

Tout a débuté comme une mission impétueuse et impossible.

Le précieux collier de perles de madame Wing avait disparu quelque part entre son bureau de Spangle Hills, un dîner dans un restaurant malaysien des environs et un court arrêt dans un supermarché de Lower Chumbly. Whiffy et Paz étaient chez Doreen et se bataillaient en jouant sur l'ordinateur de son frère lorsqu'ils entendirent la mère de Doreen parler de la disparition de son collier à un ami dans la pièce d'à côté.

« C'était le collier de ma mère », dit-elle avec détresse. « Je ne pourrai jamais le remplacer. Le fermoir avait la forme d'une tête de dragon et il avait une émeraude en guise d'œil. Il a dû se détacher. Il était unique. »

Les amis échangèrent un regard tandis que l'ami de madame Wing lançait des gloussements compatissants en prenant une tasse de thé au jasmin. Paz éteignit l'ordinateur en réfléchissant.

« Êtes-vous libres demain ? », demanda nonchalamment Whiffy. Le jour suivant était samedi, et il venait tout juste d'avoir une idée.

« Bien sûr », dit Paz.

« Absolument », dit Doreen, qui était sur la même longueur d'onde que ses amis. « Je récolterai plus d'informations. »

« Bonne idée », dit Whiffy. « Rencontrons-nous ici à 11 h 00. Nous préparerons le terrain. »

Paz et Whiffy aimaient bien madame Wing, tout particulièrement son excellente cuisine, et ils détestaient la voir aussi bouleversée. S'ils pouvaient faire quelque chose pour lui rendre service, alors ce ne

serait pas du temps perdu. Et il y aurait peut-être un bol de BISCUITS AUX CREVETTES qui les attendrait à la fin de l'aventure. (Whiffy aimait tant les biscuits aux crevettes qu'il rêvait souvent qu'il se trouvait dans une piscine qui en était remplie et qu'il devait les manger pour tracer son chemin jusqu'à la partie peu profonde. Paz les aimait légèrement moins.)

Ils prirent l'autobus de 11 h 13 jusqu'à Spangle Hills. La mère de Doreen était certaine qu'elle avait encore le collier lorsqu'elle était entrée dans le restaurant. Le collier avait glissé de son cou quelque part entre le dîner et tout ce qui avait suivit.

« Si toi et tes amis peuvent le retrouver », avait dit madame Wing lorsque les trois amis avaient quitté la maison de Doreen, « je vous offrirai un film et une pizza, et des chips aux crevettes. »

Avec ce genre d'encouragement, comment pouvaient-ils échouer ? Ils roulèrent tranquillement sur l'autoroute à bord de l'autobus. Ils s'assirent sur le banc de derrière pour discuter stratégie, leurs pieds frôlant à peine le sol.

Lorsqu'ils retracèrent les pas de madame Wing, depuis le devant de l'édifice de son bureau jusqu'au restaurant, ce n'était que le commencement de leur journée.

Wendy Lu, la gérante très branchée du restaurant, qui avait des mèches rouges parmi ses cheveux de jais, les fit poliment entrer et les invita à jeter un coup d'œil aux alentours.

« Mais personne ne nous a rien remis hier », dit-elle avec regret. « Vous pouvez toujours regarder dans la boîte d'objets perdus, mais je me souviendrais d'un objet ayant autant de valeur. »

Whiffy et Paz regardèrent dans la boîte et jetèrent un coup d'œil sous les tables tandis que Doreen vérifiait dans la salle de bain des femmes. Rien.

Déconcertés, ils demandèrent à Wendy s'ils pouvaient placer une courte annonce près de celle mentionnant un chat égaré.

« Bien sûr », dit-elle. « Voici un crayon et un bout de papier. Allez-y. »

Doreen rédigea une longue description de sa belle écriture, et ajouta une phrase émouvante qui comparait le collier à un héritage familial. Elle indiqua aussi son numéro de téléphone.

« Ajoute " RÉCOMPENSE ! " », suggéra gentiment Paz.

« Ouais », ajouta Whiffy. « Ça attirera l'attention des gens. »

Doreen souligna le mot deux fois avant de remettre l'annonce à Wendy, qui l'apposa à la fenêtre tandis que les amis descendaient la rue vers l'arrêt d'autobus.

« Prochain arrêt, le supermarché », dit Whiffy d'un ton un peu découragé en montant dans l'autobus.

« Ouais », dit Paz.

Ils firent les mêmes recherches et posèrent les mêmes questions de routine aux employés du supermarché, mais sans succès. Aucun des adolescents boutonneux travaillant là-bas ne se souvenait d'avoir aperçu un tel bijou, et la boîte d'objets perdus contenait un assortiment décevant de gants étranges, de mouchoirs et de parapluies.

« Pouvons-nous laisser une annonce ? » dit Whiffy à la jeune fille qui avait l'air de s'ennuyer à son poste de gérante.

« Les crayons et les papiers sont là-bas », répondit-elle en effectuant un mouvement brusque du pouce, et en se retournant pour compter les fiches de retours d'articles avec une fatigue à peine contenue.

Doreen se sentit désespérée et inscrivit une description encore plus arrache-cœur du collier, et l'afficha sur le babillard communautaire.

C'était le milieu de l'après-midi. Ils n'avaient toujours pas dîné. Ils se séparèrent d'un air abattu.

« Si j'ai des nouvelles, je vous préviendrai », dit Doreen avec de la frustration dans la voix.

« Je n'arrive pas à croire que personne à qui nous ayons parlé ne l'ait vu », dit Paz d'un air fatigué.

« N'abandonnez pas », dit Whiffy en essayant d'avoir l'air plus positif qu'il ne l'était vraiment. Ses pieds lui faisaient atrocement mal. Ses souliers étaient rendus trop petits, tout comme la plupart de ses vêtements. « Donnons-nous une semaine », continua-t-il. « **LE TRAVAIL DE DÉTECTIVE CONTIENT AUSSI UNE GRANDE PART DE CHANCE.** »

Et comme s'il s'agissait d'une sorte de prédiction, madame Wing reçut un appel concernant son collier deux jours plus tard. La personne qui l'avait trouvé avait aperçu l'annonce de Doreen sur le babillard, ainsi que le mot

souligné *trois* fois et entouré d'un cercle d'astérisques désespérés. L'idée de Paz d'inclure une récompense n'avait pas dérangé madame Wing et, de toute façon, celle qui avait trouvé le collier n'avait rien voulu en retour. La vieille femme avait rapporté le collier à bord d'un taxi, et avait été accueillie avec un plat de rouleaux de printemps et de trempette sucrée de madame Wing. Ils passèrent tous un bel après-midi.

Ils eurent droit à une pizza, à un film et à des chips aux crevettes pour célébrer la première VICTOIRE MODESTE de L'AGENCE, le terme très adulte que Paz avait suggéré pour nommer le trio dans le cadre de leurs fonctions.

« Plutôt que de joindre nos trois noms de famille et de nous disputer à propos de l'ordre, nous serions ainsi tous égaux. Personne ne serait plus important qu'un autre », expliqua Paz.

« J'aime ça », dit Doreen avec enthousiasme.

« Alors nous l'appellerons l'Agence », répondit Whiffy. Ils s'applaudirent alors trois fois chacun et se firent des accolades chinoises pour la chance.

* * * *

Depuis ce jour, **l' Agence** avait connu une série de petits triomphes.

Ils avaient retrouvé l'album d'autocollants « grattez et sentez » de Lucy Renkin chez le fils étrange du jardinier de l'école, et ils avaient développé une escroquerie très élaborée aux dépens de Piggy Lugton. Leur plan était d'ailleurs encore reconnu auprès de certaines personnes comme ayant été magistral.

Piggy s'en prenait régulièrement au sac à lunch de Nicholas Browning, dont la mère dirigeait un café très élégant de la ville (le genre d'endroit qui sert au moins dix sortes de café et plus de garnitures de sandwich et de choix de petits pains que n'importe où ailleurs).

Comme Nicholas était asthmatique, diabétique et allergique aux poires et aux noix, Piggy s'était dit que, si ses lunchs disparaissaient, il n'en ferait pas tout un plat. Ce fut le cas pendant un certain temps.

Nicholas jeûna le midi durant quatre jours consécutifs avant de décider de faire appel à de l'aide professionnelle. Lucy Renkin était assise à côté de lui durant le cours de sciences humaines et, lorsqu'il lui demanda comment elle avait résolu le mystère de son album d'autocollants, elle lui parla de l'Agence, en insistant sur sa **DISCRÉTION** et sur les **RÉSULTATS OBTENUS**.

Paz était l'homme d'action et l'homme d'esprit de l'Agence. Il suggéra que Nicholas change le contenu de sa prochaine délicieuse focaccia par quelque chose d'un peu différent. Doreen, qui était reconnue pour ses pouvoirs de fine observatrice et de réflexion rapide, suggéra qu'ils se réunissent tous un matin avant l'école. Elle savait comment pimenter le contenu du lunch de Nicholas afin de freiner les vols compulsifs de Piggy. (Ils étaient tous convaincus que la gourmandise de Piggy Lugton était à l'origine des disparitions de boîtes à lunch. Son modus operandi était de s'attaquer à des gens plus petits que lui et à ceux dont les mères cuisinaient mieux que la sienne. La rumeur voulait qu'il mange jusqu'à cinq repas volés à la fois.)

Le jour de l'opération secrète, les quatre amis se regroupèrent près de la classe de musique. Nicholas retira à regret la dinde, les canneberges et la roquette de son pain italien, dans lequel les ingrédients avaient été empilés avec amour. Mais ça valait la peine de jeûner une journée de plus pour résoudre la mystérieuse série de vols de boîtes à lunch.

Doreen ouvrit alors son sac et en sortit :

* Un sac de pâte de haricots jaunes fermentée (savoureuse lorsque sautée à feu vif avec du tofu, mais possédant une force inestimable lorsque ingérée crue).
* Deux piments extraforts coupés en cubes
* La moitié d'une boîte de ginseng en poudre
* Une bouteille de sauce chili sambal totalement assassine
* Une poignée de haricots noirs salés (non rincés, donc assassins)
* Un paquet de choux marinés

« Voyons voir à quel point il aime ça », ricana Doreen.

Whiffy, qui représentait le courage, l'homme de front et l'intelligence technique de l'Agence, se mit à bourrer soigneusement la focaccia copieusement beurrée avec les items mentionnés ci-dessus.

Bien sûr, personne ne *vit* Piggy Lugton voler le sac à lunch du sac à dos avec le monogramme de Nicholas Browning. Ils l'entendirent simplement s'écrier AU MEURTRE dans la cour de récréation, car il sentait que son visage avait pris feu. Le pire est que, malgré ses soupçons, il n'avait aucune façon de prouver qu'on lui avait joué un mauvais tour.

Suite à ce triomphe, le petit problème de Nicholas Browning fut résolu, et l'Agence reçut plusieurs demandes d'enquêtes discrètes de la part d'autres jeunes victimes.

L'Agence ne pouvait pas toujours les aider, mais leurs clients savaient que Whiffy, Doreen et Paz feraient toujours de leur mieux pour le faire.

Et lorsque vous êtes jeunes, c'est parfois tout ce dont vous avez besoin : QUELQU'UN QUI CROIT EN VOUS ET QUI SOIT PRÊT À VOUS AIDER LORSQUE TOUT VA MAL.

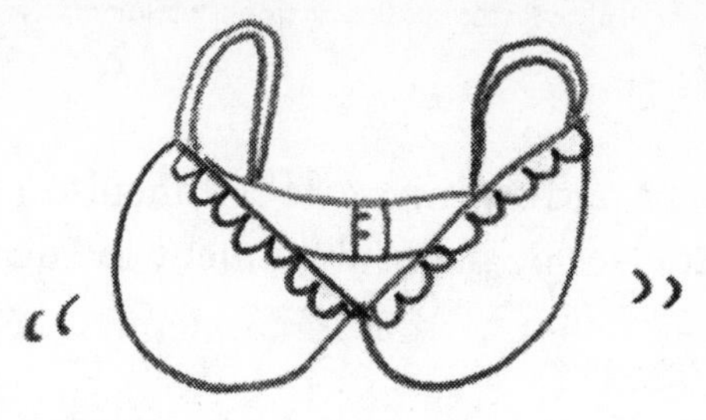

Préparons le terrain

« Hé, c'est Le Poulet[3], Le Fessier et Le Puant ! », se moqua quelqu'un qui se trouvait derrière eux dans la file d'attente de la cafétéria à l'heure du dîner.

Doreen, Paz et Whiffy ne prirent même pas la peine de se retourner. La dernière trouvaille de Jugs était de transformer leurs noms en insultes.

« Mon nom ne s'écrit pas *côlon* », dit Paz d'une voix étouffée et furieuse. Il avait parlé juste assez fort pour que ses deux amis l'entendent.

« Ça s'écrit Col*ón*. Comme Christophe Colomb, celui qui a découvert l'Amérique. Il s'appelait Colón. C'est un nom très noble, et ça ne veut pas dire *fessier*. Yé la déteste. »

3 *Le nom de famille de Doreen est Wing, ce qui veut dire « aile » en anglais. « Chicken Wing » veut donc dire « Aile de poulet »..*

Paz avait parfois encore de la difficulté à prononcer certains de ses *J*, particulièrement lorsqu'il était en colère.

« Laisse-la faire », répondit Doreen en souriant. « Comme si le fait de m'appeler "Poulet" comme dans "aile de poulet" (ha ha ha !) était drôle ou original. Si on me donnait un dollar à chaque fois que… Au moins, je ne porte pas du 14 ans de femme et je ne suis pas obligée de m'acheter des soutiens-gorge extra larges chez la Baie. Mon Dieu. »

« Contrôle-toi, Doreen. Tu ne veux pas provoquer d'incident lorsque que nous sommes en service. Sois *professionnelle* », souffla Whiffy qui se trouvait tout juste devant ses deux amis dans la file d'attente.

Ses deux amis exprimèrent leur **désapprobation** et lancèrent des regards noirs dans son dos.

Whiffy approchait du devant de la file d'attente. Il fit de son mieux pour avoir l'air d'un garçon gentil et innocent qui n'avait aucune intention sournoise de rassembler des informations pour l'enquête dans sa tête. Il était là pour soustraire autant d'informations que possible de la bouche de la maman-en-service qui travaillait avec la vieille madame Load, la superviseure de la cafétéria, qui avait les mains pleines de pâtés à la viande.

Malheureusement, la maman-de-la-journée était Bernice, la mère de Jugs Morrison.

UNE PROIE DIFFICILE.

Elles ont toutes les deux les mêmes *attraits,* pensa Whiffy en levant les yeux avec politesse.

« Je vois maintenant de qui elle tient ses gros nichons », dit Doreen d'une voix assez forte, comme si elle avait lu dans les pensées de Whiffy et qu'elle ne faisait que confirmer ce qu'il croyait.

Whiffy et madame Morrison l'entendirent et tressaillirent. Whiffy devint rose écarlate et madame Morrison devint blanche comme une bouche pincée.

« Qu'est-ce que t'as dit ? », gronda-t-elle en direction de Doreen, qui se cachait derrière la tête de Whiffy.

Doreen se glissa hors de la file d'attente avec un sourire incrusté sur son visage.

« Je parlais de la femelle hamster de la première secondaire A qui est tombé enceinte », dit-elle gentiment et sans broncher. Elle était bonne pour garder son sérieux.

« Whiff, peux-tu m'acheter un paquet de chips sel et vinaigre ? » Puis elle partit en flèche le long du corridor en faisant secouer ses épaules.

« *Connais*-tu cette espèce de dévergondée impolie ? » demanda madame Morrison en regardant Whiffy par-dessus sa grosse poitrine.

Il arrivait à peine à voir par-dessus le comptoir et se trouvait dans l'ombre de son décolleté.

« Elle est malade », dit-il doucement. « Deux paquets de chips sel et vinaigre s'il vous plaît, et un pâté à la viande avec de la sauce. »

« Il n'y a pas de chips », répondit rapidement madame Morrison, avant de commander un pâté à la sauce à madame Load par-dessus son épaule et de lui dire de se dépêcher, car les enfants étaient en train de se révolter.

« Pourquoi ? demanda Whiffy d'un ton récriminateur. « Il y a toujours des chips. Toujours. Tous les jours. Pourquoi est-ce qu'il n'y en a pas aujourd'hui ? »

« Qu'est-ce que j'en sais ? », répondit sèchement madame Morrison, en lui tendant un pâté. La sauce commençait déjà à traverser le sac et semblait prédestinée à lui couler sur les mains dès qu'il en prendrait une bouchée.

« Suivant », dit-elle en jetant un coup d'œil méprisant vers Paz, qui se trouvait derrière Whiffy.

Whiffy resta obstinément planté sur place, comme s'il était un peu lent.

« Je veux savoir ce qui est arrivé aux chips », dit-il d'une voix assez forte pour que la moitié des jeunes se trouvant à l'avant de la file d'attente l'entendent et s'écrient : « Tu veux dire qu'il n'y a pas de chips ? »

« Alors comment vais-je pouvoir me faire un sandwich aux chips, hein ? Expliquez-moi ça ! », ajouta Bob Laramie d'un ton plaintif.

« Oooooh », rugit madame Morrison en secouant l'épaule de madame Load, qui scrutait toujours son four à pâtés d'un œil intense et maternel. « Dites aux petites horreurs ce qui est arrivé aux chips. »

Madame Morrison virevolta du haut de son mètre quatre-vingts et pénétra dans l'entrepôt d'un air arrogant afin de recoiffer ses cheveux calcinés avec ses ongles de huit centimètres et peints de couleur abricot.

« Quoi ? », dit madame Load comme si elle venait de se réveiller d'une transe hypnotique. Elle adorait la petite lumière rouge située sur le devant du four ainsi que la chaleur du gril. Elle aimait cette machine d'une intensité légèrement troublante.

« Oh, les chips », dit-elle en plongeant ses yeux bleu pâle dans ceux de Whiffy, qui était patiemment demeuré sur place, le pâté lui dégoulinant sur les mains tandis que Jugs et ses copains criaient : « Dégage, l'andouille. »

« Les chips n'étaient pas là lorsque je suis arrivée à 7 h 00 ce matin pour réchauffer le four à pâtés et polir le dessus des bancs. J'ai découvert un horrible tas de métal torsadé à l'endroit où la poignée de porte et la serrure avaient l'habitude de se trouver. Quelqu'un est parti avec deux grosses boîtes de croustilles assorties et avec les cinq paquets que j'avais installés sur l'étagère. Mais ils ont trouvé des empreintes digitales », dit-elle d'un ton vague. « Est-ce que c'est tout, mon garçon ? »

Whiffy s'éloigna et traîna Paz avec lui tandis que madame Morrison sortait de l'entrepôt en rugissant « Suivant ! » et que madame Load recommençait à astiquer sa précieuse machine.

« Bon travail », dit Paz. « Rendez-vous au bar laitier après l'école. »

« C'est compris », répondit Whiffy en terminant son pâté.

Ils se fondirent discrètement dans la foule et se dirigèrent séparément vers leurs cours de géographie et de musique. Ils ne se doutaient guère qu'ils étaient sur le point d'entreprendre l'enquête la plus grande, la plus FOLLE et la plus DANGEREUSE jusqu'à maintenant.

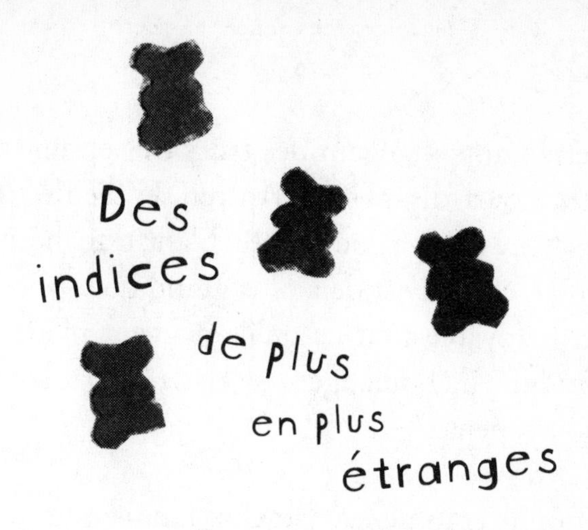

Des indices de plus en plus étranges

« D'accord », dit Whiffy alors que les trois amis buvaient chacun un smoothie aux bananes en partageant un sac de **BONBONS GÉLATINEUX** au bar laitier du père de Doreen qui se trouvait à un coin de rue de l'école. « Où en sommes-nous ? »

Frank, le père de Doreen, secoua la tête d'un air contrit en rangeant soigneusement ses étagères déjà propres contenant de la farine de maïs, du bicarbonate de soude et des conserves de maïs sucré et de betteraves.

Je vais devoir commander d'autres **BONBONS GÉLATINEUX**, pensa-t-il en regardant sa fille et ses amis en souriant.

Les enfants mangent des trucs très étranges. Une rumeur court disant que Warren, le fils de Stanley Fordyce, ne mange que du pain blanc tranché avec du chocolat, et qu'il est déjà plus grand que ses parents. C'est incroyable tout ce qu'ils peuvent mettre dans les produits de boulangerie et dans les pâtisseries de nos jours, pensa-t-il.

« Bon », commença Doreen, tandis que son père tranchait des légumes pour le menu de mets chinois à emporter que cuisinerait madame Wing pour plusieurs habitants de la ville lorsqu'elle rentrerait de son emploi de jour dans un bureau. (Mets disponibles entre 19 h 00 et 22 h 00, à l'exception des lundis.)

« La personne qui a fait ça est assez forte pour torsader la porte de la cafétéria et l'ouvrir à mains nues. Pendant que tu distrayais madame Jugs et madame Load — je dois d'ailleurs avouer que tu as été très efficace, Whiff. Tu es presque devenu fou lorsque tu as appris qu'il n'y avait pas de chips — je me suis faufilée autour de l'école pour jeter un coup d'œil aux dommages. Tout est mutilé, comme si le voleur n'avait même pas utilisé d'instrument coupant. Il a tout simplement arraché la porte comme si elle était faite de **CIRE FONDUE.** C'est vraiment étrange. »

« De plus », ajouta Paz d'un air pensif, « ils ont décampé bien avant 7 h 00 ce matin. Connaissant l'obsession de madame Load pour son four à pâtés, il devait être environ 6 h 30 lorsqu'elle est arrivée à l'école. Le voleur a donc réussi à sauter deux fois par-dessus la clôture de l'école et à jongler avec deux grosses boîtes de croustilles et cinq sacs individuels, dans la noirceur totale, et ce tout en déjouant le garde de sécurité de nuit. C'est plutôt impressionnant. »

« C'est vachement impressionnant », ajouta Doreen d'un air absent en ramassant les morceaux de bananes écrasées au fond de sa tasse de lait fouetté. Elle sauta ensuite de son tabouret et remit sa tasse à son père, qui se trouvait derrière le comptoir et souriait. Paz et Whiffy firent la même chose avant de se rasseoir sur leurs tabourets.

« Vous savez ce que ça veut dire, n'est-ce pas ? » demanda lentement Whiffy.

« Le voleur sait voler ? », demanda Doreen en fouillant dans le sac à la recherche d'un **BONBON GÉLATINEUX** bleu. Paz les avait tous mangés, elle opta donc pour son deuxième choix, soit un bonbon transparent.

« Ne sois pas ridicule », dit Paz en riant. « Ça arrive seulement dans les films de kung-fu. »

« Je connais le kung-fu », dit Doreen en fourrant un **BONBON GÉLATINEUX** jaune, un **BONBON GÉLATINEUX** transparent et un **BONBON GÉLATINEUX** rouge dans sa bouche pour tester la combinaison de saveurs. Pas mal.

« Je suis ceinture orange », poursuivit-elle. « Gavin et Ernie essayaient tout le temps de me tabasser, alors maman m'a inscrite au cours. »

« Alors tu sais peut-être voler », rigola Paz. « Et le voleur fait peut-être aussi du kung-fu et c'est de cette façon qu'il est parvenu à entrer et à sortir de l'école. »

« Qu'est-ce qui te fait penser qu'il s'agit d'un *garçon* ? » lui demanda Doreen. « Peut-être qu'il

s'agit d'une femme fatale ninja qui était affamée et qui a décidé de voler par-dessus le mur pour grignoter quelque chose. »

Ils échangèrent un regard.

« Heu, est-ce que je peux avoir votre attention ? » dit délicatement Whiffy. « Pouvons-nous revenir à nos moutons, s'il vous plaît ? Ce que j'essayais de vous dire est que — à moins que le voleur puisse voler par-dessus la clôture parce qu'il ou elle fait du kung-fu... »

Doreen pouffa de rire et un petit bout de **BONBON GÉLATINEUX** rouge et mouillé atterrit sur le dessus du banc.

« OUACHE ! », s'écrièrent Paz et Whiffy, profondément dégoûtés.

« Désolée », dit Doreen avec un faux sourire d'excuse en ramassant son dégât avec un mouchoir avant de le mettre dans sa poche.

« Le voleur a dû tailler la clôture pour se frayer un passage et pour entrer et sortir de l'école au niveau du sol », termina Whiffy de façon boiteuse. « Vous m'écoutez ? »

« Ouais », dit Doreen en s'emparant du dernier bonbon gélatineux. « Ce qui veut dire que nous devrions inspecter le périmètre de la clôture de l'école pour trouver plus d'indices. »

« Il est peu probable qu'il ait taillé la clôture à l'avant de l'école, car nous l'aurions déjà remarqué », répondit Paz.

« Chacun de nous devrait donc inspecter les trois autres côtés de la clôture. Nous nous rejoindrons devant l'école lorsque nous aurons terminé », dit Whiffy.

« Dac », répondit brusquement Doreen en descendant de son tabouret. « Papa, je serai de retour avant la tombée de la nuit. »

La maison des Wing était située à l'arrière et au-dessus de leur bar laitier, ce qui convenait beaucoup à Doreen lorsqu'elle avait une **fringale au milieu de la nuit.**

« D'accord Doreen », répondit son père. « Soyez tous très prudents. »

« Au revoir monsieur Wing », dirent Paz et Whiffy en chœur.

« Et merci pour la collation », ajouta Paz, influencé par ses bonnes manières colombiennes.

« De rien », sourit monsieur Wing en les saluant, un chiffon à la main.

Ils sortirent en traversant les rideaux de plastique accrochés à la porte d'entrée et se dirigèrent séparément vers le **NORD**, le **SUD**, et **L'OUEST** de l'école.

* * * *

Paz était si excité de sa trouvaille qu'il courut le reste du périmètre en agrippant ses amis sur le chemin.

« J'ai trouvé », souffla-t-il. « Il y a un accroc d'à peu près notre taille Whiffy, près de l'un des coins arrière de la clôture », exprima-t-il avec frénésie. « Et je crois que le voleur a laissé des traces. La police n'a pas tout ramassé. Dépêchez-vous avant qu'il ne fasse trop sombre. »

Ils se précipitèrent vers le côté ouest de la clôture extérieure. Le soleil commençait à descendre et tout le paysage avait pris une teinte rouge et chaude.

« La lumière baisse », dit désespérément Whiffy en s'accroupissant pour voir l'accroc dans la clôture.

La clôture avait été arrachée avec tellement de facilité qu'il semblait que les mains du voleur l'avaient fait fondre.

« C'est étrange », murmura Doreen en inspectant les mailles de la clôture fondue. « Ça me donne des frissons dans le dos. »

« Ce qui est encore plus étrange », dit Paz en mesurant l'ouverture et en la comparant à son ami d'un œil critique, « c'est que le trou est exactement de la même grandeur que Whiffy. L'espace a peut-être été créé pour lui. »

« Es-tu en train de dire que… ? », répondit Doreen avec intérêt en levant les yeux d'un maillon lacéré d'où elle avait relevé un petit bout de carton et des fibres d'un t-shirt avant de les mettre dans son mouchoir en carton. Elle avait beaucoup d'objets en carton.

« C'est vrai », insista Paz en tirant Whiffy vers le trou à l'aide de ses deux mains. « Passe par le trou, Whiff. »

Whiffy passa par le trou en s'aplatissant sur les côtés, comme si le trou avait vraiment été taillé pour lui. Whiffy dépassait ses deux amis de quelques centimètres, et le trou était parfait pour lui.

« Je n'aime pas ça », dit Doreen. « Mais je dois partir. Nous parlerons de notre découverte et de sa signification demain matin. »

« Je dois prendre le prochain autobus ou alors ma grande sœur va paniquer », dit Paz en regardant sa montre. « Désolé, Whiff. »

Whiffy salua ses deux amis et regarda pensivement le sol un peu marécageux qui se trouvait près de la clôture arrachée. Il aperçut une faible empreinte de pied parmi les brins d'herbe piétinés. Il y inséra son pied d'un air distrait, puis il sursauta. Le bout du pied était rond, comme les vieilles chaussures de basketball qu'il avait dans les pieds.

ET L'EMPREINTE DE PIED SEMBLAIT ÊTRE IDENTIQUE À LA SIENNE. Le sol était trop piétiné pour y laisser une autre empreinte de pied.

C'est un peu comme si quelqu'un essayait de l'accuser, et cette pensée le rendait nerveux. Il s'accroupit avec son sac à dos, et en sortit une feuille de papier. Il prit un crayon à mine et calqua l'empreinte de pied. Il mesura ensuite la profondeur de l'empreinte et remarqua qu'elle était beaucoup plus profonde qu'il ne le croyait. Et il n'avait pas plu la nuit dernière. Il n'avait plu que la nuit d'avant.

« Le voleur est beaucoup plus lourd que moi », pensa Whiffy avec soulagement, remettant la preuve dans son sac. Pendant un instant, il eut la folle idée qu'*il* était peut-être entré par effraction dans l'école pendant qu'il dormait et qu'il était somnambule.

Il marcha les trois coins de rue le séparant de chez lui dans la noirceur, la tête débordante de théories étranges. Il eut l'idée de jeter un coup d'œil sous son lit pour voir s'il y avait des emballages de chips. L'idée le fit d'abord rigoler, puis il se tut et fut envahi par un

étrange sentiment de panique.

À la poursuite des traces de chips

Il n'y avait pas d'emballages de chips sous son lit.

Whiffy s'agenouilla parmi un tas de vieux objets égarés qu'il croyait ne plus jamais revoir (mais qui reposaient sous son lit depuis toujours, entourés de cœurs de pomme et d'une affiche froissée d'un stégosaure), et ressentit un étrange sentiment de soulagement. L'angoisse avait été si intense qu'il avait presque couru jusqu'à sa chambre. Il ne s'était même pas arrêté dans la cuisine pour voir si son père s'y trouvait et s'il était en train de préparer le souper.

En fait, pensa Whiffy en repoussant rapidement le tas de vieilleries sous son lit, la maison est étrangement silencieuse. TROP SILENCIEUSE.

Il enfila un t-shirt légèrement moins miteux que celui qu'il portait ainsi qu'un short, et il partit à la recherche de son père. Il sentait qu'il s'agissait encore d'une soirée typique où son père avait oublié de manger. Il devait être au milieu d'une grande trouvaille du genre EURÊKA ! ou dans une terrible impasse criblée de problèmes techniques.

La cuisine était sombre. Whiffy alluma la puissante lampe fluorescente et quelque chose d'étrange et d'inhabituel situé entre le support en plastique des céréales et la panetière miroita sous la lumière.

Il s'agissait d'un sac de chips sel et vinaigre. Le gros emballage argent et violet avait un air étrangement diabolique.

Il sentit un frisson étrange. Son père n'achetait jamais de malbouffe lorsqu'il faisait l'épicerie, et voilà qu'il trouvait un sac de la même marque et de la même saveur qu'il avait commandé plus tôt à la cafétéria. La coïncidence était très étrange.

Il ramassa le sac de chips et le retourna dans ses mains à la recherche de quelque chose d'inhabituel. Outre une petite trace étrange située sur le côté supérieur droit de l'emballage — comme si le plastique avait fondu au soleil — le sac avait l'air tout à fait normal.

Bien qu'il fut troublé, Whiffy ouvrit le sac d'un air affamé et se mit à manger les croustilles en traversant le corridor de leur étroite maison jusqu'à la porte de derrière. Il ouvrit la porte-moustiquaire grinçante. Les lumières du pavillon-jardin brillaient vivement. Son père était définitivement en train de tester quelque chose, car il apercevait l'ombre de ses mouvements vifs derrière les minces rideaux. Il semblait encore parler tout seul. C'était un peu comme si son père était accompagné d'une personne plutôt que d'une chose.

« Hé, papa », dit Whiffy en frappant à la porte verrouillée, le sac de chips dans les mains. Son père cessa immédiatement de parler.

« Quoi ? », répondit son père d'une voix étouffée par la porte. Son père gardait la porte de sa chambre à inventions verrouillée en tout temps pour des ~~raisons de sécurité.~~

« Le souper ? », répondit Whiffy avec espoir en grignotant la dernière miette de chips qui se trouvait au fond du sac. Il était encore affamé.

Bruce Newton déverrouilla la porte d'un ~~air égaré~~ et passa son visage dans l'embrasure.

« Quelle heure est-il ? »

Whiffy laissa gronder son estomac en guise de réponse et fit gonfler son ventre.

Le visage de Bruce Newton tomba momentanément. « Je l'ai encore fait, n'est-ce pas ? J'ai perdu la notion du temps. Je suis un père ingrat ! Donne-moi dix minutes et je sortirai d'ici pour improviser un spaghetti. Il y a un petit truc qui m'embête et qui me cause des problèmes. Je n'arrive pas… à l'arranger », dit-il lourdement.

Whiffy frissonna à l'idée de manger encore du spaghetti. « Pas besoin », dit-il vivement. « Je vais nous commander quelque chose…avec des légumes », ajouta-t-il rapidement. « Je vais t'appeler quand la nourriture sera arrivée pour qu'on puisse manger ensemble. »

Le père de Whiffy avait déjà perdu intérêt pour ce que racontait son fils. Il avait ce regard préoccupé qui indiquait à Whiffy que son esprit errait autour des problèmes concernant le dispendieux couple de serrage qui ravageait ses gadgets à propulsion, ou quelque chose du genre. Tout à coup, le regard de Whiffy capta une substance collée aux favoris mal rasés de son père.

« Papa ! », s'écria Whiffy en essayant de coincer sa jambe dans la porte alors que son père tentait de la fermer.

« Hein ? quoi ? », dit son père en se retournant vers lui. La lumière vive située derrière la silhouette de son père lui avait peut-être joué des tours, mais Whiffy était sûr à presque cent pour cent.

« As-tu mangé des *chips* ? » demanda Whiffy.

Son père frotta vigoureusement ses favoris avec le dos de sa main et lui lança un regard rempli de terreur qui galvanisa ses traits habituellement doux. Il jeta un coup d'œil au sac de chips froissé que Whiffy tenait dans sa main, lui jeta un autre regard de panique virulente et ferma vivement la porte à la grande surprise de son fils.

« Appelle-moi quand le souper sera là », beugla-t-il au travers de la porte avec un faux enthousiasme, ignorant totalement la question de Whiffy concernant un certain type de croustilles.

« Ce n'est pas un crime de manger des chips », dit doucement Whiffy devant la porte fermée.

Il traversa le petit bout de terrain séparant le pavillon-jardin et la porte-moustiquaire à pas lourds, tout en tenant le sac de chips sel et vinaigre vide dans sa main.

« Que se passe-t-il ? », se demanda-t-il.

Cette pensée EMBROUILLEE continua d'errer au fond de sa conscience tandis qu'il ouvrait un menu de livraison pour commander deux cordons-bleus de poulet accompagnés de haricots verts à l'ail et cuits à la vapeur ainsi que des pommes frites. Quand il en avait assez de la cuisine de son père, Whiffy se consolait en commandant des plats à emporter si compliqués qu'il arrivait à peine à les prononcer.

Sa mère aurait approuvé. Elle avait l'habitude de concocter ce genre de mets qui prenaient du temps à préparer et qui nécessitaient des ingrédients plus raffinés que de la simple farine blanche ou des aliments hachés ou en boîte. Quelqu'un devait prendre soin des Newton qui étaient toujours en vie. Soudain, la présence de sa mère lui manqua énormément.

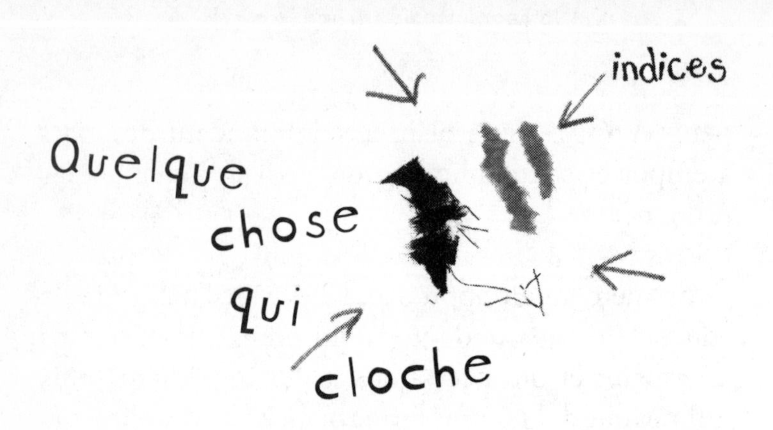

Le matin suivant lors de la récréation, Whiffy, Paz et Doreen s'assirent sous le grand hêtre qui se trouvait au bout du parc et commencèrent à rassembler leurs indices. Le reste des élèves de première secondaire se bousculaient et jouaient des coudes dans la cour de récréation et ils ne pouvaient voir ce que les trois amis tramaient.

« Nous n'avons pas beaucoup de temps pour énoncer une théorie », dit Whiffy avec insistance en observant la collection de cartons et de bouts de tissus de Doreen, ainsi que son propre calque de l'empreinte de pied mystérieusement profonde. « Qu'en pensez-vous ? », termina-t-il.

« Je déteste dire ça, mais je crois que l'auteur du crime est un enfant », dit lentement Doreen.

« Ça pourrait même être l'un d'entre nous », dit Paz d'un air grave. « Whiff, c'est quelqu'un de ta taille. Ça pourrait même être quelqu'un de première secondaire. Après tout, qui d'autre aime autant les chips ? »

« Mais ça n'explique pas le métal torsadé à l'entrée de la cafétéria », dit prudemment Doreen. « Ni le trou dans la clôture ni la profondeur de l'empreinte. Personne d'entre nous n'est aussi fort ni aussi lourd. Pas même Piggy Lugton, et vous savez à quel point il adore manger sa bouffe et celle des autres. »

Whiffy ne dit rien à propos de l'apparition troublante des chips sel et vinaigre dans sa cuisine ni à propos des favoris de son père. Aucune explication logique n'avait encore surgi de son esprit BOUILLONNANT et son cerveau réfléchissait toujours très fort aux curieux incidents. Il fallait qu'il ne s'agisse que d'une coïncidence. Il le fallait.

La CLOCHE sonna.

« Pensons-y encore un peu et rejoignons-nous à l'heure du dîner », dit fermement Whiffy. « Même endroit. »

* * * *

Ils purent sentir le lunch de Whiffy avant de l'apercevoir dans le parc.

« Encore de l'agneau, hein ? », demanda Paz à Whiffy qui acquiesça d'un air désespéré.

La veille, lui et son père avaient mangé tout le cordon-bleu de poulet, tous les haricots et toutes les frites. Il n'avait donc pu apporter de savoureux restants à l'école. De plus, le frigo était encore rempli de… ouais, vous savez quoi.

Le souper de la veille avait été chargé d'une étrange tension, comme si Whiffy avait par hasard découvert un aspect ultrasecret de son père et que ce dernier avait tenté de réagir avec désinvolture. Son père avait refusé de dévoiler la nature de son dernier projet, alors ils avaient discuté de la possibilité de faire le lavage la fin de semaine suivante et d'autres sujets banals qui lui avaient presque fait pousser un cri de frustration. Son père lui cachait définitivement quelque chose. Après le repas, son père l'avait distraitement mis au lit et l'avait bordé trop fermement. Puis il était bruyamment retourné dans son atelier en S'ENFERMANT À L'INTÉRIEUR POUR TOUTE LA SOIRÉE.

Whiffy s'était agenouillé dans son lit et avait jeté un coup d'œil vers le pavillon-jardin vivement éclairé. Il s'était demandé ce que son père était en train de manigancer avant de se retourner dans son lit et de s'endormir.

« J'ai du riz aux tomates. Tu peux en avoir si tu veux », dit gentiment Paz. C'était jeudi. Le lunch de Whiffy devait être dégoûtant.

« Tu peux avoir un bout de mon sandwich au thon et à la laitue si tu veux », dit aussi gentiment Doreen. L'odeur du sandwich de Whiffy était presque meurtrière et elle devait regarder ailleurs pour tousser et prendre de petites inspirations.

« Ne vous en faites pas », dit Whiffy en s'animant de façon perceptible devant la dernière bouchée de son sandwich. « J'ai autre chose à manger aujourd'hui. »

Il sortit alors un sac de chips à saveur de poulet de son sac à dos. Ses amis le regardèrent, les yeux ronds et perplexes. Whiffy n'avait *jamais* de malbouffe dans son lunch. Ils assistaient pratiquement à un petit miracle.

« Où as-tu pris *ces chips* ? » demanda Paz avant de s'en prendre quelques-unes.

« Ouais », dit Doreen en pêchant soigneusement une dans le sac. « Tu ne les as pas volées, n'est-ce pas ? »

Whiffy n'aperçut guère le regard en coin que se lancèrent Paz et Doreen. **C'EST LA MÊME MARQUE QUE CELLE DE LA CAFÉTÉRIA** indiquaient frénétiquement leurs sourcils.

« Mon père s'est soudainement mis à en acheter », dit Whiffy, complètement inconscient de l'échange codé entre ses deux amis.

« J'ai regardé dans ma boîte à lunch et je les ai aperçues, juste à côté de mon sandwich habituel. La belle vie recommence. C'est peut-être le début d'une révolution culinaire chez les Newton. Bon », continua-t-il en se redressant d'un air sérieux, son visage couvert de chips. « Y a-t-il du progrès ? »

Paz et Doreen secouèrent tous deux la tête.

« Je n'ai réussi qu'à soutirer une seule information en écoutant les professeurs. Ils demanderont à tous les élèves de première à troisième secondaire de fournir une empreinte de leur index et de leur pouce droits au courant de la journée de demain », répondit Doreen. « Ils ont réussi à relever quelques empreintes utilisables sur la porte de la cafétéria. Ils nous remettront une lettre pour demander la permission à nos parents de prendre nos empreintes. Ce ne sont pas tous les parents qui laisseront leurs enfants faire ça. C'est une histoire assez sérieuse. »

« Hummm », dit pensivement Whiffy. « C'est drastique, mais ça pourrait permettre de démasquer les criminels. »

« Ouais », dit Paz. « Tous ceux qui refuseront de le faire seront perçus comme des suspects, COMME S'ILS AVAIENT QUELQUE CHOSE À CACHER. »

« Bon, nous avons terminé pour aujourd'hui », dit Whiffy, « mais demain nous devrons garder l'œil bien ouvert durant la prise d'empreintes digitales afin d'intercepter tout comportement étrange pouvant ressembler à une envie soudaine de se confesser. »

« Mais il y a quelque chose qui cloche », dit anxieusement Doreen. « Peu importe ce qu'indique le reste des indices, aucun élève de première secondaire que je connaisse n'a la capacité de **faire fondre l'acier** et aucun ne pèse au moins cinq fois ton poids, Whiff. »

« Je sais », dit Whiffy en terminant ses chips et en faisant une boule avec le sac vert et argent, une expression de regret sur son visage parsemé de taches de rousseur et au nez retroussé. « Il y a quelque chose qui cloche. »

De nouveaux faits sinistres

La journée de la prise générale d'**EMPREINTES DIGITALES** se déroula sous le soleil.

On avait indiqué aux volontaires de former deux files à l'extérieur de la salle de réunion de l'école secondaire de Kentwood, là où de gentils officiers de police appliqueraient eux-mêmes l'encre sur les doigts. Les données seraient ensuite envoyées par messagerie dans des boîtes spéciales et sécurisées jusqu'au poste de police local où l'on comparerait ces empreintes à celles qui avaient été relevées sur la porte de la cafétéria. Lorsque l'histoire sera classée, les empreintes recueillies seront détruites.

Doreen et Paz étaient à l'avant de la file de gauche lorsque Whiffy apparut à côté d'eux avec un air étrange.

« Entre dans la file », dit Paz en regardant rapidement autour de lui pour voir si l'un des profs fouineurs se trouvait dans les environs. « Nous t'avons gardé une place. Tu es en retard. »

« Où étais-tu ? », demanda Doreen en remarquant l'expression étrange sur le visage de Whiffy. « C'est presque à notre tour. »

Elle agita la fiche indiquant que ses parents lui donnaient la permission de recueillir ses empreintes sous le nez de Whiffy. « Où est la tienne ? »

« Mon père n'a pas voulu la signer », dit Whiffy avec détresse. « Il a catégoriquement refusé. Il a agi comme s'il s'agissait d'un acte de persécution délibérée. Il s'est mis à déblatérer sur son refus de vivre dans un État régi par la police et sur un truc qu'il appelle les "droits civils". Je ne l'ai jamais vu dans cet état. Il a déchiré la fiche de permission et m'a presque interdit d'aller à l'école. En fait, je me fais un peu de souci à son sujet. Il est un peu émotif ces temps-ci. »

« Tu sais ce que ça veut dire, n'est-ce pas ? » demanda Doreen d'un air préoccupé, après un moment de silence.

« J'aurai l'air aussi suspect que Solly Banfrey, Piggy Lugton et Jugs Morrison, qui sont assis là-bas avec un air arrogant », répondit gravement Whiffy.

« Tu parles ! » dit Paz avec inquiétude. « C'est mon tour. »

Whiffy s'éloigna et s'assit dans un coin tranquille de la salle de réunion pendant que ses amis se faisaient coincer le pouce et l'index droits dans un tampon encreur avant de se faire rouler les doigts sur une fiche. Il balaya le couloir du regard. Il semblait qu'une quarantaine de parents avaient refusé de donner leur permission à cet exercice, ce qui réduisait grandement le nombre de suspects. Le directeur Pumley cochait le nom de ces élèves sur une planchette à pince bleue.

Whiffy eut alors le malheur de lever les yeux et de sentir les tout petits yeux du directeur rivés sur lui tandis qu'il cochait le nom **ALFRED M. NEWTON** sur sa liste de suspects.

Whiffy s'enfouit dans son siège EN ESPÉRANT DISPARAÎTRE DU REGARD ACCUSATEUR DE SON DIRECTEUR.

* * * *

« Nous sommes dans une impasse », dit Paz à la fin de la journée alors qu'ils se dirigeaient vers le bar laitier du père de Doreen.

« Et si la police trouve une équivalence, je ne crois pas qu'elle nous dira qui est le coupable; le jeune criminel n'aura qu'à disparaître et nous n'entendrons plus jamais parler de lui », répondit Doreen. « Vous savez comment ça fonctionne. Nous devrions peut-être abandonner cette affaire. La police a pris les choses en main. Nous jouons dans la cour des grands, les gars. Jusqu'à maintenant, nous avons seulement enquêté sur des petits cas d'objets perdus. »

Whiffy détestait s'avouer vaincu lorsqu'il s'agissait d'un dossier actif.

« Doreen, garde les oreilles ouvertes », dit-il. « Tu entendras peut-être les professeurs discuter de leurs principaux suspects. Il y a environ quarante élèves qui nécessitent une enquête plus approfondie. La situation est beaucoup plus facile qu'elle ne l'était hier. Le mystère est loin d'être résolu. »

« Nous ne pouvons pas commencer à suivre quarante élèves un peu partout pour réduire davantage la liste des suspects », répondit Paz d'un air incrédule.

« De toute façon, Whiff », dit-il en se tournant vers son ami alors qu'ils traversaient les rideaux de plastique situés à l'entrée du bar laitier des Wing, « tu fais partie des suspects. »

« Oh ouais », dit Whiffy d'un air mécontent. « J'avais oublié. »

Quelque chose d'étrange se produisit lorsque monsieur Wing aperçut les trois amis franchir la porte. Plutôt que de les accueillir avec son habituel et chaleureux sourire, il se mit à parler sèchement à Doreen dans leur dialecte familial, le hokkien (**COMME LES NOUILLES**), et cette dernière se précipita aussitôt vers le comptoir. Paz et Whiffy s'arrêtèrent près de la porte. Quelque chose devait être arrivé pour que monsieur Wing soit aussi bouleversé. On pouvait le lire sur son visage.

Après une discussion de dix minutes, Doreen attrapa ses deux amis par le bras et les entraîna à l'extérieur. Monsieur Wing avait quitté le comptoir sans même les saluer, et s'était dirigé vivement vers la maison, située derrière le bar laitier.

« Hum, je ne sais pas comment vous dire ça », dit nerveusement Doreen.

« Raconte », dit Whiffy. « Ton père avait l'air furieux. Est-ce que c'est parce qu'on mange tout le temps ses **BONBONS GÉLATINEUX** ? »

« C'est étrange que tu mentionnes les **BONBONS GÉLATINEUX** », dit Doreen avec un éclat de soupçon dans les yeux qu'elle s'efforça de dissimuler. Whiffy croisa son regard et ses yeux s'écarquillèrent.

« Whiff… », continua-t-elle en s'éclaircissant la gorge, « papa m'a dit que tu es venu ici plus tôt aujourd'hui… »

Paz regarda Whiffy avec surprise. Ils avaient eu presque les mêmes cours cette journée-là, et il ne se souvenait pas d'avoir vu Whiffy se faufiler à l'extérieur de la classe.

« …Vers 9 h 30. Et que tu lui as demandé de te donner *tous* les **BONBONS GÉLATINEUX** qu'il avait dans le magasin, même ceux de l'entrepôt. Il m'a dit que tu avais été très impoli et que tu avais un drôle de regard, comme si tu avais un peu perdu la tête. Il m'a dit quelque chose d'encore plus étrange. Il m'a dit que tu avais l'air, euh…DÉTRAQUÉ. »

« Détraqué ? » répéta Paz

« Comme s'il y avait quelque chose de *flou* dans ton regard. Il était très en colère. Il n'arrivait même pas à me décrire exactement ce qu'il voulait dire. De plus il portait ses lunettes. Ça n'a aucun sens. Il m'a dit de te dire que, comme tu avais pris tous les **BONBONS GÉLATINEUX** qu'il avait en magasin, il n'avait rien à t'offrir cet après-midi et que ça ne valait pas la peine de lui en demander davantage. »

Les deux amis regardèrent intensément Whiffy qui resta planté là comme s'il s'était fait tabasser avec un lourd bâton de bois et qu'il était sur le point de tomber. **Il était absolument horrifié.**

« Oh, le chat a mangé ta langue, Whiffy Newton ? », demanda sèchement Doreen. « Ça semble peut-être ridicule, mais je crois ce que raconte mon père. Il n'inventerait pas un truc pareil. Alors, que s'est-il passé ? »

* * * *

La tête de Whiffy tournait furieusement.

Ses deux meilleurs amis le regardaient comme s'il était le plus grand des criminels.

« Heu », haleta-t-il.

« Pense », dit vivement Paz. « Que faisais-tu à 9 h 30 ce matin ? Je n'étais pas dans ta classe à cette heure-là. J'étais dans mon cours d'éducation physique. »

« Tu n'étais pas sur le point de dérober tous les **BONBONS GÉLATINEUX** de mon père ? » demanda sarcastiquement Doreen.

« Tu sais qu'il ferait n'importe quoi pour ses enfants et leurs amis. Je n'arrive pas à croire que tu profiterais ainsi de lui. Il a toujours été tendre avec nous. C'est vraiment sordide, Whiffy. D'où vient cette soudaine obsession pour les chips et les **BONBONS GÉLATINEUX**. hein ? Tout ça me semble assez suspect. »

Les épaules droites de Doreen indiquaient qu'elle était sur le point de rentrer chez elle. Le corps de Whiffy s'affaissa.

« Écoutez », dit-il. « J'avais un cours de sciences à 9 h 30. Vous pouvez le demander à Jugs Morrison. Elle a dit au docteur Chuter que j'avais essayé d'électrocuter l'axolotl de la classe, alors qu'en fait c'est elle qui l'a pêché et qui lui a mis les électrodes. Il m'a collé une retenue vendredi après-midi. Demandez-leur si vous ne me croyez pas. »

Ils n'avaient pas l'air convaincus.

« Je n'arrive pas à croire que je demande à Jugs Morrison de se porter garante de moi, mais je suis sérieux, gémit Whiffy. Ce n'était pas moi ! Je n'ai rien fait ! »

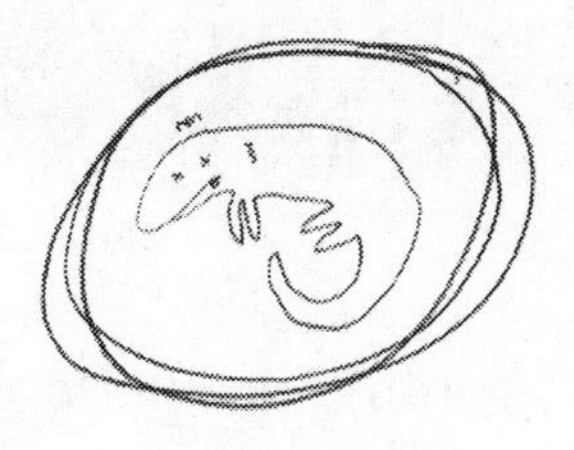

Whiffy était confus et épuisé lorsqu'il rentra chez lui.

Paz et Doreen avaient refusé de passer du temps avec lui. Paz avait marmonné quelque chose à propos d'une dissertation qu'il n'avait toujours pas faite sur les techniques de momification durant le règne bref mais glorieux de la reine Néfertiti, et Doreen avait inventé une histoire peu convaincante à propos de son urgent besoin de pratiquer son trombone durant trois heures d'affilée.

L'accusation tacite reposant sous leurs tristes excuses l'avait vraiment blessé. Et pour couronner le tout, il commençait encore à faire nuit et son père ne se trouvait nulle part en vue.

« Papa ! », hurla Whiffy en fermant la porte d'entrée derrière lui.

Rien. Le couloir obscur et la sombre cuisine n'émanait pas l'odeur omniprésente de la SAUCE TOMATE ou du THON EN CONSERVE CUIT AU FOUR. Son estomac gronda et il souhaita presque que ce fut le cas. Son père avait dû faire une découverte scientifique vraiment exceptionnelle pour oublier de préparer le souper deux soirs de suite.

Il monta bruyamment les escaliers jusqu'à sa chambre à coucher et jeta de nouveau un regard en direction du pavillon-jardin. Il était sûr d'avoir vu des *ombres* à l'intérieur. Il avait presque pu distinguer la silhouette d'une ou deux personnes qui étaient en train de discuter avec son père.

Whiffy déposa son sac à dos et courut vers l'arrière-cour, déterminé à savoir de qui il s'agissait.

« Papa ! », s'écria-t-il.

Les voix se turent. Comme si les gens qui se trouvaient dans l'atelier avaient figé au beau milieu de ce qu'ils faisaient ou racontaient.

Après un long moment, le père de Whiffy entrouvrit légèrement la porte et jeta un bref regard à l'extérieur. Son œil était **INJECTÉ DE SANG.**

« Bonjour mon fils », dit-il avec appréhension.

« Bonjour toi-même », répondit rapidement Whiffy. « Qui est avec toi ? »

« Personne », répondit son père d'un œil rouge et furtif.

« J'ai entendu des voix », riposta Whiffy d'un ton accusateur.

« C'est la radio », dit rapidement son père. « Que dirais-tu de t'occuper encore du souper, mon garçon ? Dès que j'aurai traversé cette mauvaise passe, nous reprendrons la routine que tu connais si bien et dont tu raffoles. »

Whiffy poussa un grognement et décida qu'il irait lui-même jeter un coup d'œil à l'intérieur de l'annexe lorsque son père irait se coucher. *S'il* décidait un jour d'aller se coucher.

Son père fit un sourire penaud, ferma brusquement la porte et la verrouilla de l'intérieur.

Whiffy retourna vers la maison en RONCHONNANT. Soudain, il s'arrêta net lorsque son soulier rencontra quelque chose de **gluant** sur le trottoir de ciment situé près de la corde à linge.

Il se pencha et ramassa… un **BONBON GÉLATINEUX** bleu.

Lorsqu'il prit le bonbon écrasé dans sa main, son cœur s'emballa comme s'il était dans un ascenseur en chute libre.

« IL EST TEMPS DE FAIRE LA LUMIÈRE SUR CE MYSTÈRE », déclara-t-il avec véhémence en refermant son poing sur le **BONBON GÉLATINEUX** bleu et aplati.

* * * *

À environ 4 h 00 du matin, Bruce Newton ouvrit la porte de la chambre à coucher principale, située à l'étage inférieur.

À son insu, les yeux de son fils S'OUVRIRENT GRAND lorsque son père pénétra dans la chambre située en face de la cage d'escalier et qu'il referma la porte derrière lui.

Whiffy avait attaché l'extrémité d'un bout de ficelle soigneusement mesuré à la poignée de porte de la chambre de son père, et avait attaché l'autre extrémité à son gros orteil. Au moment où son père avait ouvert la porte de sa chambre, la ficelle, qui serpentait discrètement l'escalier, avait tiré l'orteil de Whiffy et l'avait réveillé. Bien qu'il n'aimât pas l'idée d'entamer une opération secrète à l'insu de son propre père, Whiffy était PRÊT À PASSER À L'ACTION. La preuve était assez évidente. Il devait voir de ses propres yeux ce qui se trouvait à l'intérieur de l'atelier.

Whiffy avait formé son plan d'attaque durant son souper en solitaire composé d'une

escalope de veau servie avec patates gratinées et concassé de légumes méditerranéens

qu'il avait commandée au restaurant italien du coin. Il avait déposé le souper de son père à l'extérieur de la porte de l'atelier et lui avait dit de sortir pour le prendre. Son père ne lui avait même pas répondu.

Le balbutiement des voix se trouvant à l'intérieur de l'atelier avait étrangement continué, comme si les invités de son père se fichaient maintenant que Whiffy soit au courant de leur présence. Whiffy s'était appuyé contre la porte, mais il n'avait pas réussi à entendre ce qu'ils disaient. Il était certain d'avoir entendu quatre voix. Trois d'entre elles étaient plus hautes et agitées, et celle de son père résonnait sous les leurs comme s'il était en train de les supplier. La mâchoire de Whiffy s'était alors crispée de colère. Son père avait des ennuis.

Whiffy détacha le nœud autour de son gros orteil, se leva et enfila un gros chandail par-dessus son pyjama. Les nuits devenaient froides. Il glissa les pieds dans ses souliers de course malodorants et ramassa une lampe de poche.

Il jeta un coup d'œil par l'embrasure de la porte et vit que le couloir du bas était plongé dans la noirceur. Pas le moindre rayon de lumière ne provenait de la chambre à coucher de son père. Whiffy n'avait plus qu'à descendre les escaliers et à tourner le coin, et la voie serait libre jusqu'à l'atelier.

Le vieil escalier se mit à faire cric-crac dès que Whiffy posa le pied sur la première marche.

Il retint son souffle et baissa les yeux vers la porte de la chambre de son père. Ce dernier continua de ronfler légèrement et sa lampe de chevet demeura éteinte. Il prit une grande inspiration et descendit une autre marche.

Cra-ac.

Whiffy continua de descendre l'escalier en jurant à voix basse, chaque marche émettant un craquement différent. Il crut parfois que son cœur allait arrêter de battre ou que son père allait se lever en grognant pour apercevoir son fils perché dans l'escalier comme une cigogne égarée qui tenait une petite lampe de poche dans sa main d'un air coupable.

Mais non.

Whiffy se glissa sur la dernière marche de l'escalier en poussant un petit soupir de soulagement. Il avança ensuite à pas de loup jusqu'à la porte arrière en respirant par petites bouffées.

Il ouvrit doucement la porte arrière et enleva le loquet de la porte moustiquaire. Il apercevait maintenant sa cible. Le chemin était libre et il n'apercevait aucun mouvement à l'intérieur ou aux alentours de l'atelier.

Il referma doucement la porte de derrière et la porte-moustiquaire et marcha sur la pelouse sans faire de bruit. Une tourterelle roucoula près de son oreille gauche — piou-rrrou, piou-rrrou — et le figea sur place.

Puis il figea devant l'atelier comme s'il avait été atteint par un éclair.

La porte était légèrement ouverte.

Il ne s'attendait pas du tout à cela.

Whiffy serra fermement sa lampe de poche et POUSSA LA PORTE DAVANTAGE.

La triste vérité

Il n'y avait personne à l'intérieur. Ceux qui s'étaient querellés avec son père un peu plus tôt cette soirée-là avaient déjà filé.

Il ferma doucement la porte derrière lui et alluma sa lampe de poche. Le faible rayon de lumière éclaira la fascinante porcherie qu'était le laboratoire créatif de son père.

Il y avait des inventions farfelues à moitié terminées un peu partout. Quelque chose qui ressemblait à un mélange de corde à linge et d'aspirateur reposait tristement contre un mur et avait l'air tout emmêlé. Un JEU COMPLEXE DE POULIES ÉTAIT SUSPENDU AU PLAFOND. Une télécommande, un repose-pieds balançant et un téléphone sans fil y étaient étrangement attachés, ainsi qu'un parapluie et une paire de caleçon. Le tout était recouvert de toiles d'araignée et semblait inutilisé depuis un bon bout de temps.

Il faillit trébucher sur un râteau motorisé orné de dangereuses attaches d'un taille-haie et d'une petite table-cabaret conçue pour déposer des boissons. Il dut ensuite se baisser sous une arche affaissée constituée de ce qui ressemblait à des canettes d'aluminium recyclées et qui arborait les mots : **LA DOUCHE QUI COMBAT LA GRAISSE!**

Whiffy ignora les étagères remplies de livres à moitié ouverts et les bombes aérosol identifiées « PRODUIT ANTI-PET », et se dirigea plutôt vers le long établi qui chevauchait le mur du fond de l'atelier. En chemin, il ne remarqua pas l'alarme personnelle en forme de perroquet qui se trouvait sur le sol et il pila directement sur sa queue rouge et bleue. L'objet émit un hurlement terrible, puis redevint silencieux. Whiffy s'immobilisa et attendit quelques secondes pour voir si la lumière du porche allait s'allumer.

Mais la lumière demeura éteinte. Ce que Whiffy ne savait pas, c'est qu'au cours de la dernière semaine, son père s'était habitué à travailler jusqu'aux petites heures du matin et à dormir jusqu'en début d'après-midi.

Il frappa rageusement le perroquet avec son pied et ce dernier émit une sorte de dernier cri. Whiffy se dirigea ensuite vers l'établi, mais un objet situé entre la table de travail et la bibliothèque appuyée contre le mur adjacent attira son regard.

Ça ressemblait à un podium des Jeux Olympiques. Il y avait assez d'espace pour TROIS PERSONNES, et la place du milieu était plus élevée que les deux autres situées de chaque côté. La surface de chaque marche semblait avoir été taillée pour des pieds de la même taille que les siens. À première vue, l'objet avait l'air plutôt inoffensif, mais lorsque Whiffy regarda de plus près et se pencha pour passer la main sur les surfaces de la plate-forme, il remarqua que l'objet était branché au mur.

Ça ressemble à un chargeur de piles, pensa Whiffy, les yeux grands ouverts.

Les choses commencèrent soudain à avoir du sens. Tout ça expliquait comment on avait pu voler autant de sacs de chips en une seule nuit et comment Whiffy avait fait pour se trouver à deux endroits différents en même temps lors de l'incident des **BONBONS GÉLATINEUX** au bar laitier du père de Doreen.

Le matin suivant, ses pires doutes furent confirmés.

Le gros doigt accusateur

Le matin suivant, Whiffy arriva à l'école secondaire de Kentwood épuisé par sa nuit d'espionnage. Les élèves étaient tous affairés autour de l'école et faisaient tout un vacarme. Son père dormait toujours profondément lorsqu'il était parti de chez lui avec sa boîte à lunch remplie *d'escalope de veau et de légumes méditerranéens* enveloppés dans du papier d'aluminium. La veille, son père avait été absorbé dans ses pensées et n'avait mangé que les *patates gratinées*. Il avait conservé le reste pour le dîner de son fils.

Paz et Doreen coururent vers lui lorsqu'ils le virent traverser les portes de l'école. Le choc des nouvelles matinales leur avait fait oublier qu'il était un suspect. « ON EST ENTRÉ PAR EFFRACTION DANS LA BIBLIOTHÈQUE ! » dit Doreen avant d'agripper son bras et de le traîner jusqu'à la nouvelle scène de crime.

Paz courait devant, se frayant un chemin parmi la masse d'élèves surexcités qui se penchaient les uns sur les autres pour connaître la cause de tout cet émoi.

« Regardez ! », dit-il en pointant du doigt.

Un nuage de **FUMÉE NOIRE** s'échappait des portes grillagées et vitrées de la bibliothèque. Les intrus n'avaient pas seulement défoncé les portes de la bibliothèque comme si elles étaient faites de papier de soie mince, mais ils avaient également tenté de mettre le feu aux livres. La plupart des livres de fiction commençant par les lettres A à F avaient brûlés avant que le vieux système de gicleurs ne se mette en marche et éteigne l'incendie, qui aurait pu causer un désastre et se propager dans toute l'école.

Les trois amis aperçurent le directeur Pumley qui était blanc comme un drap, et qui se tenait dans un coin en compagnie d'un pompier. Madame Broadbarrow, la bibliothécaire, hoquetait et était couverte de suie. Sa voix se mettait parfois à trembler et ses yeux se remplissaient de larmes à la vue d'une tache morveuse située entre les couverts d'un livre retourné par un élève.

« Imaginez comment elle doit se sentir », dit Doreen, en admirant son courage.

Max, le vieux garde de sécurité de nuit, était également présent et se faisait interroger par une policière à propos de ce qu'il croyait avoir vu.

Doreen, Paz et Whiffy s'approchèrent le plus qu'ils purent pour ne pas avoir l'air suspects et l'écoutèrent raconter son histoire, tout en respirant bruyamment. « Il y avait trois personnes. Je suis pas mal certain qu'il s'agissait d'une fille et de deux garçons, bien que c'était difficile de les voir avec toute cette fumée. Ils sont vraiment effrontés. J'ai cogné aux fenêtres là-bas et ils ne se sont même pas retournés. Ils ont simplement continué de mettre le feu aux livres comme s'il s'agissait de brindilles. Mais je n'ai pas réussi à voir avec quoi ils les allumaient. »

LES TROIS AMIS ÉCHANGÈRENT UN REGARD ET RETOURNÈRENT DISCRÈTEMENT DEVANT L'ÉCOLE en marchant parmi les buissons épais qui longeaient les fenêtres de la bibliothèque. Ils jetèrent un coup d'œil à l'intérieur, comme Max prétendait l'avoir fait.

« C'est plutôt difficile de dire ce qu'il a pu voir au cours de la nuit », murmura Paz avec scepticisme en frottant la fenêtre noircie par la fumée avec l'une des longues manches de son chandail à l'effigie de l'équipe Juventus.

« Il avait sûrement une lampe de poche », répondit Doreen en fixant les livres de fiction ravagés par le feu.

« Pourquoi avoir commencé par incendier les livres situés au milieu de létagère ? » demanda Whiffy d'un air perplexe. Les dégâts de l'incendie semblaient indiquer que le feu s'était propagé à partir du centre. « Le crime ne semble pas très organisé », termina-t-il.

Doreen observa soudain la scène avec plus d'intensité, puis entraîna ses deux amis loin de la fenêtre.

Deux policiers étaient entrés dans la bibliothèque et relevaient des indices à partir de la tablette brûlée qui était située au milieu de la bibliothèque.

« Ils pourraient nous voir », siffla-t-elle lorsque Whiffy protesta contre son **comportement agressif**.

« Et qu'est-ce que ça change ? » rouspéta Whiffy. « Nous avons autant le droit de reluquer la scène de crime que les autres élèves qui se trouvent ici. »

« Mais tu ne trouves pas qu'il y a quelque chose de louche à propos de nous trois ? », demanda Doreen en les poussant vers la salle de réunion. L'incendie coïncidait avec l'assemblée hebdomadaire et les élèves marchaient à flots en direction de la salle de réunion, prêts à écouter les sincères excuses du directeur Pumley concernant les incidents étranges survenus dans leur école.

Paz et Whiffy froncèrent les sourcils pendant un moment, puis Whiffy ouvrit la bouche : « La tablette du milieu se trouve à un peu plus de un mètre vingt du sol. »

« Ouais », dit Doreen.

« NOUS MESURONS TOUS UN PEU PLUS DE UN MÈTRE VINGT », dit Paz en regardant ses deux amis.

« Ouais », dit Doreen.

« *Et tu es une fille et nous sommes...* », continua Paz.

« Ouais », dit encore Doreen en s'assoyant dans la salle de réunion avec le reste de la classe de première secondaire A.

« Zut », dit vivement Whiffy. « J'avais quelque chose à vous raconter, mais ça m'est sorti de l'esprit avec toutes ces émotions... »

Mais il fut interrompu par monsieur Pumley, qui montait sur la scène avec une tache de suie sur son petit nez pointu. Madame Marabou, la directrice adjointe, posa son imposant corps de lutteuse tout près de lui.

* * * *

« Les enfants », gronda le directeur Pumley en faisait trembler dangereusement ses multiples mentons.

« Vous êtes tous au courant qu'un nombre important de crimes étranges sont survenus à notre école au cours des dernières semaines. Des criminels se trouvant parmi nous sont coupables d'avoir commis de mystérieuses entrées par effraction, des **vols** abominables et des actes de **vandalisme** qui ont causé un **vent de panique** générale au sein de la population étudiante. »

Il regarda autour de lui et son visage s'empourpra jusqu'à la peau flasque de poulet de son cou.

La plupart des élèves étaient loin de se sentir affolés ou alarmés. Ils observaient plutôt leurs souliers de course avec désinvolture et pensaient que c'était GÉNIAL D'ÊTRE ENTOURÉS DE CRIMINELS EN LIBERTÉ.

« Ces criminels *seront* appréhendés ! », beugla M. Pumley d'une voix non modulée qui les fit tous sursauter.

« Écoutez, écoutez », murmura madame Marabou, de sa curieuse petite voix aiguë.

« Ils ne pourront plus faire de ravages », continua le directeur en lançant un regard de mécontentement à peine dissimulé à l'endroit de la directrice adjointe qui avait interrompu sa tirade.

« En fait, nous croyons avoir identifié les criminels. Nous avons relevé les empreintes digitales du chef de leur bande qui ont été laissées sur les deux scènes de crime. Il ne nous reste plus qu'à les associer à l'auteur des crimes. Nous savons également que la bande est composée de deux garçons et d'une fille de TAILLE MOYENNE. »

Du coin de l'œil, Whiffy put apercevoir les épaules de gorille tendues de Piggy Lugton se relâcher avec soulagement suite aux propos du directeur. Jugs Morrison et Solly Banfrey se tapèrent discrètement dans la main. La gourmandise légendaire de Piggy l'avait placé en haut de la liste des suspects pour le vol des chips à la cafétéria. Et Jugs, sa fidèle acolyte lorsqu'il s'agissait d'embêter les plus petits, était loin d'être de taille moyenne. Ils étaient donc maintenant hors de soupçon. Le directeur l'avait dit.

Les autres élèves de première secondaire aperçurent les trois brutes s'envoyer des clins d'œil et lever le pouce en signe de soulagement, et leurs esprits se tournèrent aussitôt vers les autres jeunes qui se tenaient en groupe de trois. Qui étaient donc les criminels ?

Madame Marabou donna des coups secs sur le podium pour faire taire les murmures grandissants parmi la foule d'élèves.

Le directeur Pumley termina son discours triomphalement en s'écriant : « La directrice adjointe et moi-même, ainsi que des membres distingués de la force policière qui travaillent sur ce dossier, visiterons le domicile du suspect principal à l'heure du dîner. Implorer notre pardon n'aidera pas votre misérable cause. **Nous vous démasquerons et nous vous punirons sans merci.** »

Whiffy écouta les propos enragés du directeur Pumley d'une oreille distraite. Il avait un besoin urgent de raconter à ses amis ce qu'il avait découvert la veille dans l'atelier de son père.

« Whiff, chuchota Paz avec horreur. Je pense que son regard est directement rivé sur toi. »

Whiffy leva les yeux et croisa les petites orbites brillantes de rage de son directeur.

« Nous devons partir d'ici ! », dit instamment Whiffy. Il saisit ses amis par le bras et les entraîna parmi la foule d'élèves qui sortaient de la salle de réunion en se traînant les pieds et en bavardant.

« Attends un peu », lui dit Doreen. « Pourquoi es-tu si pressé ? Si on y pense logiquement, il ne visait aucun de *nous*. Nous ne sommes jamais choisis en premier pour former les équipes sportives. »

Paz lui lança un regard noir. C'était un sujet délicat pour lui.

« Eh bien je suis désolée, mais c'est vrai », continua-t-elle en dissimulant mal son indifférence face à ce triste fait.

« Et, par conséquent, personne ne nous soupçonnera d'avoir arraché une porte ou une clôture à mains nues. Ce n'est pas physiquement possible. D'accord, nous sommes de taille moyenne, mais Susan Jacobs et ses deux amis, Barnaby Loose et Seamus Partridge, le sont aussi. Il parlait peut-être d'eux. Il pouvait parler de n'importe qui. »

« Pas le temps », souffla Whiffy en tirant le chandail de ses amis malgré leurs protestations. Il les traîna à l'extérieur de l'édifice principal et à l'extérieur des portes de l'école.

« Vous ne comprenez pas. Nous avons seulement jusqu'au dîner. C'est dans une heure. Si nous ne nous dépêchons pas, nous serons **foutus**. Et si je ne me trompe pas, nous sommes déjà **foutus**. »

Doreen et Paz s'arrêtèrent net sur le trottoir situé juste à l'extérieur de l'école secondaire de Kentwood.

« On dirait que tu as perdu la boule Whiffy », dit gravement Paz. « Et pour quelle raison serions-nous **foutus** ? »

Whiffy les saisit tous les deux par le bras et continua à les tirer le long de la rue comme s'ils étaient des vaches entêtées.

« Nous devons aller chez moi. Nous devons régler la situation. Je vais essayer de vous raconter pendant que nous courrons. Croyez-moi, nous devons *courir.* »

Il se mit alors à leur raconter en haletant ce qu'il avait vu et entendu chez lui au cours des derniers jours, de l'apparition électrisante du sac de chips sel et vinaigre dans la cuisine (et la trace de plastique fondu dans le coin supérieur) jusqu'à la plate-forme sur laquelle il avait trébuché dans le coin de l'atelier de son père.

« Je crois savoir ce qu'il a fait », souffla-t-il en traversant à la course le portail affaissé de *Chez Newton*.

« Je pense que *ce* sur quoi mon père travaille avec acharnement a eu plus de succès qu'il ne l'aurait espéré.

Je ne sais pas qui ils sont, mais je crois qu'ils se sont échappés et que personne ne peut les arrêter. Je l'ai entendu les supplier. Il est incapable de les contrôler. Ils parlent comme de vraies personnes. Le pire est qu'ils *me* ressemblent peut-être. Ça expliquerait *tout* ».

Il chercha sa clé de maison. Paz et Doreen étaient trop horrifiés pour dire quoi que ce soit.

La porte s'ouvrit toute grande et Doreen s'écria : « Tu veux dire : qu'ils nous ressemblent tous. »

Leur ressemblance donnait des frissons dans le dos. Mais, comme l'avait expliqué M. Wing, les robots avaient un air détraqué.

Ils avaient l'air mauvais et leur regard était flou et nébuleux. Leur vision était semblable à celle d'un myope qui retire ses lunettes durant un instant pour se frotter les yeux.

Si vous les aviez vus sans trop porter attention, vous auriez dit : « Voyons donc ! Il s'agit d'Alfred Newton et de ses deux meilleurs amis. C'est évident ! »

Si vous aviez étés Solly Banfrey et ses acolytes péteux, vous auriez dit : « Tu te moques de moi ? C'est Cervelle d'oiseau, Passe-montagne et monsieur le Puant. »

Mais si vous aviez assisté à l'affrontement entre les vrais membres de l'Agence et leurs homologues robotisés, vous auriez immédiatement perçu les différences.

Les cheveux de la version robotisée de Doreen étaient un peu plus en désordre et un peu plus longs que les siens et les yeux de la machine étaient d'un ton étrange de brun-violet. Ses rubans à cheveux ne s'agençaient pas du tout avec ce qu'elle… avec ce que *son robot* portait. Elle semblait en fait porter certains des vêtements les plus vieux et les plus usés de Whiffy.

La version robotisée de Paz avait les cheveux raides car Bruce Newton avait été incapable de commander la bonne sorte de perruque frisée par la poste. Il était toutefois tombé pile sur la bonne teinte de brun. Le robot ne portait pas le traditionnel chandail de soccer de Paz. Il portait lui aussi des vieux vêtements de Whiffy. Lorsqu'il avait conçu les trois amis-robots, Bruce Newton s'était fié sur sa mémoire, et il avait utilisé tous les matériaux qui lui étaient tombés sous la main ou qu'il avait été capable de commander.

Robot Whiffy était le pire de tous.

Pas parce qu'il ne ressemblait pas à Whiffy.

Au contraire, c'est lui qui ressemblait le plus à son modèle, puisque Bruce Newton connaissait bien les traits de son fils et qu'il avait construit robot Whiffy en conséquence. Le robot avait toutefois une expression vive et diabolique dans ses yeux ternes et bleus, qui exsudait un sentiment de malice qui ne correspondait pas du tout à la nature du vrai Whiffy. L'intelligence artificielle *de l'engin* était clairement **DESTRUCTIVE**, et elle menaçait maintenant Whiffy et ses deux amis.

Robot Whiffy semblait avoir dirigé une opération visant à lancer tout ce qui appartenait au vrai Whiffy en bas de l'escalier. Les vieilles pelures de bananes, les patins à roues alignées, les livres, les chemises, les souliers et les jouets brisés jonchaient ainsi les marches et recouvraient le sol de l'entrée de la maison. Des tableaux que la mère de Whiffy avait elle-même accrochées au mur du premier étage avaient été jetées en piles désordonnées sur le sol et étaient entremêlées de chandeliers, de vases et de divers papiers appartenant à Bruce Newton, qui étaient prêts à être incendiés.

Le pavillon-jardin était la proie des flammes. Doreen, Paz et Whiffy pouvaient clairement apercevoir la fumée et les flammes au fond du couloir de l'étroite maison et au travers de la porte arrière laissée ouverte. Ils croyaient même entendre la sirène des camions de pompiers qui se dirigeaient vers la maison, mais ils confondaient peut-être ce bruit avec les battements retentissants de leurs cœurs.

Bruce Newton s'était rendu compte trop tard du danger qui menaçait tous ceux qui entraient en contact avec ses créations robotisées ayant la taille d'un enfant. Il avait essayé de les éteindre, mais leur vive intelligence leur avait permis de présager son geste bien avant qu'il ne puisse passer à l'action. Grâce à leur force supérieure, ils étaient parvenus ~~à le dominer, à le bâillonner et à l'attacher à une chaise dans sa propre chambre à coucher.~~ Ils étaient arrivés à la conclusion que c'était sa vie plutôt que la leur et ils n'avaient pas hésité à préparer la maison et tout ce qu'elle contenait pour une destruction massive. Ils avaient toutefois oublié leur plate-forme de chargement et ils étaient destinés à s'éteindre dans seize heures. Lorsque vous êtes sur une lancée, il est normal que de petits détails vous échappent.

Whiffy et ses amis pouvaient entendre les cris étouffés et effrénés de monsieur Newton qui provenaient de l'autre côté de la porte se trouvant à droite de l'escalier.

« Joignez-vous à nous », grinça robot Whiffy d'un ton froid et sinistre. « Ou vous mourrez. »

« Écoutez », répondit Whiffy d'un ton mortellement calme, comme s'il parlait à un chien enragé. Son premier réflexe était de faire sortir ses amis par la porte de devant pour qu'ils soient hors de danger. « C'est un peu drastique, non ? Libérez mon père et nous pourrons nous asseoir pour, euh, négocier. Vous ne pouvez pas vous promener de cette façon pour tout piller et brûler sur votre passage. *Les gens s'en rendent compte.* Le directeur de l'école est en route avec madame Marabou, la police et l'équipe locale d'incendie. Croyez-moi, il est mieux de ne pas les provoquer. Vous faites mieux d'abandonner. »

Il leur fit signe de partir tout en terminant sa phrase. Paz et Doreen secouèrent imperceptiblement la tête et se rapprochèrent lentement de Whiffy, se retrouvant face à face avec leurs imposteurs. Doreen contre robot Doreen, Paz contre robot Paz et Whiffy contre robot Whiffy.

« Les humains sont tellement *drôles* », dit robot Whiffy de sa petite voix grinçante et sans intonation. Les deux autres robots laissèrent échapper un petit rire sans éclat qui rendit la situation encore plus sinistre.

« Docteur Newton nous a dit que tous les enfants *raffolaient* des **chips** et des **BONBONS GÉLATINEUX**. Nous sommes allés en chercher et nous avons découvert qu'ils étaient désuets du point de vue nutritif ! Docteur Newton nous a aussi dit que tous les enfants aimaient lire, mais nous avons découvert qu'il s'agit d'un affreux mensonge. Nous avons donc tenté de détruire la bibliothèque de l'école secondaire de Kentwood, mais, malgré nos efforts, les humains ne nous témoignent aucune gratitude. »

Robot Whiffy s'avança d'un air diabolique et robot Doreen et robot Paz avancèrent à ses côtés.

« *Les humains sont des menteurs.* L'information que nous a transmise le docteur Newton est fausse et n'a aucun sens. Nous préférons vivre dans votre monde selon nos propres goûts. Et nos goûts mènent **au chaos et à la destruction !** C'est beaucoup plus satisfaisant. Si vous ne voulez pas vous joindre à nous, alors nous prendrons vos places, et vos familles ne seront pas plus avancées. Ha ha ha. »

Robot Whiffy émit son petit rire bien particulier et haussa les épaules d'une FAÇON PRESQUE HUMAINE.

C'était le signal d'attaque. Les trois enfants robotisés foncèrent sur leurs homologues humains. Whiffy et ses amis se mirent aussitôt à haleter et à lutter, les petits doigts d'acier et sans merci de leurs portraits robotisés s'agrippant à leur cou. Même les plus impressionnants coups de kung-fu de Doreen n'eurent aucun effet sur son robot. Ils lui causèrent toutefois une douleur lancinante à la main.

Ils commencèrent à s'évanouir un à la suite de l'autre. Aucun coup de poing ni coup de pied ne semblait pouvoir atteindre les méchants robots qui se compressèrent de façon imperceptible jusqu'à ce que l'oxygène commence à manquer. Leurs mains d'acier recouvertes d'une couche de silicone caoutchouteuse ressemblant à de la peau humaine se mirent à surchauffer et le contact devint intolérable pour les trois amis. Ces machines allaient les étouffer *et* les brûler jusqu'à ce que mort s'en suive. Ils allaient fondre comme les portes de l'école Kentwood.

« **¡Dios mío !** » grommela Paz en espagnol. Il était en détresse et sur le point de s'effondrer.

« Aaaaah », chuchota Doreen qui n'arrivait plus à prononcer un mot.

« Whiffy », dit doucement quelqu'un se trouvant à l'extérieur de son champ de vision qui rétrécissait rapidement. « **Éteins-le maintenant. Tu peux y arriver, mon garçon. N'abandonne pas.** »

Un problème ne vient jamais seul

Whiffy ne raconta jamais à ses amis *qui* il avait cru entendre cette journée-là. Tout s'était déroulé si vite qu'il pouvait aussi bien s'agir de son imagination.

Il se souvient d'avoir agrippé l'arrière du cou de robot Whiffy et d'avoir désespérément cherché un bouton, une clé, ou un quelconque interrupteur pouvant le libérer de l'emprise dangereuse de la machine. Puis il trouva et appuya sur une petite protubérance située sur la colonne vertébrale du robot, qui ressemblait à la bosse que les humains possèdent tous à l'arrière du cou. Une bande de gens vêtus de noir des pieds à la tête surgit alors dans la maison en passant par les fenêtres de devant.

Ils étaient tous vêtus d'une combinaison, d'un passe-montagne, de gants et de lourdes bottes. Whiffy se dégagea de l'emprise des griffes d'acier de robot Whiffy qui était maintenant désactivé. « Sauvez mes amis », cracha-t-il.

Leur chef était grand, mince et avait lui aussi le visage couvert, mais ses yeux étaient d'un vert saisissant. Il regarda brusquement ses deux amis pendus aux bras des robots, et appuya simultanément sur l'interrupteur de désactivation des deux engins. Doreen et Paz s'effondrèrent aussitôt sur le sol et les robots cessèrent de bouger avant de s'éteindre.

Six des mystérieux commandos travaillèrent ensemble pour transporter les deux enfants-robots au loin. Ils étaient vraiment lourds. Robot Whiffy demeura sur place, la tête inclinée dans le couloir et les trois amis toujours étendus à ses pieds, haletants.

« Il reste peu de temps avant que le directeur Pumley et les autorités n'arrivent », dit doucement le chef du commando, celui qui avait des yeux verts semblables à ceux d'un chat.

« Vous deux », dit-il en désignant Paz et Doreen, « j'ai besoin que vous alliez dans cette chambre à coucher et que vous libériez le docteur Newton. Dites-lui que des amis ont capturé ses robots récalcitrants, mais qu'il doit demeurer hors de vue et rester complètement silencieux. Alfred et moi allons gérer l'interrogatoire. »

Le mystérieux locuteur les aida à se relever en leur tendant une main prompte et aimable et les deux amis se précipitèrent vers la chambre où le docteur Newton était gardé prisonnier. Whiffy entendit un vif éclat de conversation animée, puis les bruits se turent.

« Bon », dit le personnage vêtu de noir. « Nous devons transformer ce robot pour ne pas qu'il te ressemble, Alfred. Nous ne voulons pas que quelqu'un se questionne à propos de sa ressemblance avec toi. »

Whiffy eut le souffle coupé lorsque l'étranger SE MIT À ENLEVER LA PEAU ET LES VÊTEMENTS DU ROBOT WHIFFY de la même façon qu'il éplucherait une banane. Le silicone se détacha en longs morceaux, révélant une sorte d'androïde fait entièrement de fils de cuivre et enveloppé de plastique coloré et d'acier poli.

« C'est très ingénieux », murmura le chef du commando.

« Nous parlerons à ton père lorsque tout cela sera terminé. Il s'est vraiment surpassé cette fois-ci. Il s'est élevé au-dessus des critères scientifiques. Nous aimerions qu'il travaille pour nous plutôt que de se terrer dans son abri comme un ermite incompris. Ton père est un homme bien. Je parie que tu ne le savais pas. Les inventions qu'il a déposées sont vraiment extraordinaires. Nous l'observons avec grand intérêt depuis un certain temps. »

Whiffy était plutôt incrédule. L'image déprimante d'une cuisse de rôti d'agneau apparut devant ses yeux en opposition totale avec la soi-disant grandeur d'âme de son père.

« Tu comprendras un jour, dit brusquement l'étranger. Maintenant va vite cacher tous ces déchets, mais laisse-moi le boîtier de la main droite. Il porte des empreintes digitales semblables aux tiennes. J'aperçois le gros Pumley qui approche, suivi d'un groupe de gens en uniforme. Il a toujours été un vieil emmerdeur. »

Whiffy eut à peine le temps de refermer la porte située sous les escaliers où il avait enfoui le silicone et les vêtements de robot Whiffy avant que monsieur Pumley ne se mette à marteler la porte d'entrée.

« **Ouvrez la porte !** » s'écria-t-il.

Whiffy se tourna et aperçut une grande femme mince aux cheveux roux foncé attachés en élégant chignon et vêtue d'un ensemble-pantalon noir et de lunettes à large monture noire ouvrir la porte de *Chez Newton*.

Le directeur Pumley se fit immédiatement renverser par cinq pompiers impatients transportant un boyau d'incendie désembobiné. Ils se précipitèrent d'abord près du corps figé en acier poli de robot Whiffy (comme s'ils voyaient ce genre de truc tous les jours), puis coururent vers la porte de derrière pour aller éteindre le feu qui ravageait actuellement le pavillon-jardin.

« Messieurs les agents », hissa monsieur Pumley, aux deux policiers derrière lui, en se relevant lui-même du sol, « arrêtez ce garçon pour vol, entrée par effraction, incendie volontaire et vandalisme. Mettez cette **CRAPULE ANARCHIQUE** derrière les barreaux ! »

« Êtes-vous la mère de cet enfant ? », demanda l'un des policiers à la grande femme vêtue de noir et aux cheveux brillants.

« Non », sourit-elle.

Son sourire sembla ébranler l'agent de police. Cela intrigua fortement Whiffy, qui se demanda quel genre d'astuces subtiles elle était en train de déployer. Il observa donc de plus près.

« Je suis la porte-parole de l'AGENCE POUR LES ESPRITS CRÉATEURS, ou APEC si vous préférez. Nous sommes affiliés au Bureau des réalisations communautaires du gouvernement fédéral. Je suis certaine que vous avez entendu parler de nous. Vous pouvez nous contacter en composant le numéro standard qui apparaît en ordre alphabétique dans l'annuaire », continua-t-elle.

L'agent de police avait toujours l'air ébloui. Lorsqu'un autre agent ouvrit la bouche pour parler, elle lui lança un autre sourire craquant et il oublia lui aussi ce qu'il était sur le point de demander.

« C'est une situation très inhabituelle », souffla monsieur Pumley, son cou en peau de dinde vibrant sous ses mots. Il semblait immunisé contre les charmes de la femme. « Qu'est-ce que le gouvernement a à voir avec ce qui se déroule dans mon école ? Hein ? *Hein ?* Ce garçon est responsable de ce qui est arrivé et je veux qu'on l'enferme », termina-t-il.

« Non », dit calmement la femme.

« Ce garçon n'a rien à voir avec les expériences menées à l'école Kentwood. Il s'agit d'une initiative de l'APEC. Vous devriez être honorés d'avoir été choisis. Nous testons un nouveau prototype de machine inventée par le docteur Newton, le père d'Alfred. Nous évaluons les problèmes d'intégration. Il va sans dire que nous en avons découvert plusieurs. » La femme pointa la carcasse de métal brillant qui reposait à côté d'elle.

« Mais j'ai bien peur que nous ayons quelque peu perdu le contrôle de l'expérience. Monsieur Pumley, madame Marabou (la directrice adjointe serra aussitôt ses lèvres rouges et resta bouche bée), dès que vous retournerez à votre bureau, vous trouverez une estimation officielle des dommages ainsi qu'un chèque signé à cet effet. Nous sommes désolés d'avoir perdu le contrôle de l'expérience. Comme vous pouvez le voir, le prototype n'est pas encore tout à fait au point. »

« Je veux une preuve », rugit monsieur Pumley, toujours énervé par la proximité de Whiffy, qu'il tenait toujours pour coupable. Il doutait fortement que ce morceau d'acier, qui ne semblait même pas pouvoir bouger, puisse cambrioler sa précieuse bibliothèque et sa cafétéria. Il devait s'agir d'un piège quelconque concocté par Alfred Newton et ses amis pernicieux.

« Je vous assure que nous avons une preuve », répondit la femme sans broncher.

Elle souleva la main **droite** et tordue de robot Whiffy, que Whiffy venait de récupérer.

« Messieurs les agents, vous verrez que les empreintes digitales qui se trouvent sur cette main sont identiques à celles que vous avez relevées à l'école. »

Elle tendit le morceau de silicone ressemblant à un gant à l'un des agents. Il le prit dans ses mains comme s'il était en train de rêver.

« Et si vous mesurez bien cet engin, vous verrez que son poids, sa hauteur et ses capacités de préhension concordent avec les sites de, euh, d'expérimentation. »

Le deuxième agent saisit lentement un galon à mesurer et se mit à prendre des notes dans un petit calepin à rabat.

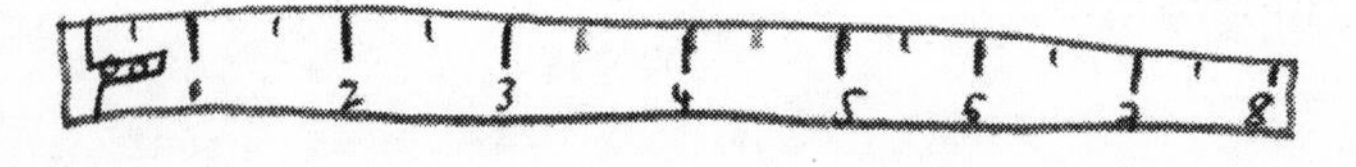

« Nous avons terminé », s'écrièrent les pompiers en courant à l'intérieur de la maison avec leur boyau d'incendie. « Il s'agit peut-être d'un petit incendie électrique. Si je peux me le permettre, il n'est pas surprenant qu'il se soit propagé aussi rapidement lorsqu'on voit le désordre qui règne autour d'ici. »

Ils sortirent de la maison au galop et se mirent à rembobiner leur boyau d'incendie.

« Je pense que nous avons terminé », dit le premier agent de police d'une voix éblouie. « Madame, vous nous dites que nous pouvons vous joindre au Bureau des réalisations communautaires si nous avons plus de questions ? »

« Absolument », répondit efficacement la femme en faisant un autre de ses **LONGS SOURIRES ÉPANOUIS.** « Je suis souvent sur la route, mais les gens du bureau sauront où me joindre. Tout cela n'est qu'un simple malentendu. »

« Vraiment étrange », gémit le directeur Pumley en essayant de croiser un regard suspect, comme s'il était un détective.

« Allons-y, Gérald », renifla madame Marabou qui avait peur que son cardigan favori en cachemire ne s'imprègne de l'odeur de fumée et de la mousse d'extinction d'incendie.

« Je te collerai des retenues pour ce qui vient de se produire, Newton », dit monsieur Pumley en se tournant tranquillement vers la porte, comme s'il était handicapé. « Je garderai un œil sur toi. »

« Je ne pense pas, monsieur le directeur », dit gentiment la dame rousse. « À moins que vous ne vouliez que le financement du gouvernement pour votre nouveau programme très ambitieux de ping-pong ne diminue de façon considérable au cours des deux prochaines années fiscales. »

Monsieur Pumley et son adjointe tournèrent les talons et laissèrent échapper un grognement indiquant qu'ils venaient d'être victimes d'un horrible affront.

« Bon », dit gentiment l'étrange dame en se tournant vers Whiffy, qui n'avait pas dit un seul mot depuis qu'il s'était échappé de l'emprise étouffante de sa copie mécanique.

« Ce n'était pas si mal. Maintenant va chercher ton père pour régler les derniers détails de ce fouillis. *Notre agence* est très heureuse d'avoir fait la rencontre de *votre agence.* Qui sait, un jour nous joindrons peut-être nos forces pour élucider un mystère. » Elle surprit alors Whiffy

en lui faisant un clin d'œil tout vert.

Mon père, génie du diable

Après avoir raccompagné la grande dame, ses disciples vêtus de noir et la dépouille de robot Whiffy à l'extérieur, le père de Whiffy invita les jeunes dans la cuisine, l'air penaud.

« J'ai fait un horrible gâchis, n'est-ce pas ? », dit-il pour s'excuser en ébouriffant les cheveux de son fils avec ses mains pleines de suie. « Je voulais que les enfants-robots soient des copains intelligents et servent de compagnons pour les gens; des créatures aimables, douces et amicales pouvant jouer une partie de backgammon ou de criquet avec les humains. Et regardez ce que ça a donné ! »

« MON PÈRE EST LE GÉNIE DU DIABLE ! », chanta Whiffy en frottant les brûlures rouges que robot Whiffy lui avait infligées sur le cou au cours de leur bataille. « Pincez-moi quelqu'un ! »

Paz répondit aussitôt à sa demande.

Le père de Whiffy les rassembla autour de la table de cuisine et leur servit de la liqueur de citron d'un air jovial. L'odeur de cendre et de mousse régnait dans toute la maison. De petites poussières noires leur tombaient dans les yeux et les faisaient tousser, mais les quatre survivants étaient contents d'être sains et saufs et trinquèrent à la vie avant de boire leur boisson sans goût.

« Je suis content qu'une de mes inventions soit enfin reconnue », sourit le père de Whiffy. Il les regarda, le visage complètement couvert de suie. Il leur tendit des linges à vaisselle humides pour soulager les douloureuses brûlures qu'ils portaient au cou.

« Même si c'est par le biais d'une pseudo-opération secrète gouvernementale dont je n'ai jamais entendu parler », songea-t-il. « Ils m'ont offert de l'argent pour que je travaille pour eux et pour que je développe mes idées dans ce qu'ils appellent un ENVIRONNEMENT CONTRÔLÉ. C'est très flatteur. Ils croient même que l'idée des enfants-robots puisse fonctionner un jour. Vous savez, avant qu'ils ne deviennent fous furieux et qu'ils essaient de nous tuer, je croyais avoir tourné une page d'histoire. Ils ont presque réussi à entendre raison durant un certain temps. C'était difficile. J'ai tenté de leur inculquer des principes de conduite éthique nuit après nuit, tout en espérant qu'ils ne cambriolent pas encore la cafétéria lorsque j'aurais le dos tourné. Si j'arrivais à changer leur calibrateur émotif et à augmenter leur centre d'obéissance… »

LES TROIS AMIS ÉCHANGÈRENT DES REGARDS FURTIFS CHARGÉS D'HORREUR.

« Les choses vont changer, n'est-ce pas ? », demanda Whiffy après qu'ils eurent bu toute la liqueur de citron se trouvant dans la maison. « Maintenant que tu as rencontré des gens qui sont prêts à t'appuyer dans ton travail. »

« Ils sont arrivés juste à temps », s'exclama Doreen. « Je croyais vraiment que c'était la fin. »

Bruce Newton baissa les yeux vers son fils et lui lança une sorte de sourire triste.

« J'avais dit à ta mère que j'essaierais de t'élever de la façon la moins perturbante possible, et regarde ce qui vient d'arriver. Je ne t'ai pas nourri depuis des jours, mes robots ont essayé de vous assassiner tous les trois, l'un d'eux a volé le père de Doreen et une partie de la maison s'est envolée en fumée pendant qu'ils m'attachaient et me bâillonnaient dans ma propre chambre à coucher. Sans oublier le commando qui est apparu par les fenêtres de devant, les policiers, les pompiers, et tout le voisinage qui s'est regroupé devant la maison comme s'ils n'avaient jamais rien vu de tel (ce qui est probablement le cas) ainsi que vos horribles directeur et directrice adjointe qui ont encombré notre vestibule comme s'il s'agissait du leur. »

« Maman dirait que tu fais du bon travail », dit Whiffy en souriant. Pour vrai. « Elle disait toujours que la vie *Chez Newton* était plus excitante que n'importe où ailleurs. JE N'AI JAMAIS COMPRIS CE QU'ELLE VOULAIT DIRE, MAIS JE CROIS QUE JE COMMENCE À COMPRENDRE...

Bruce Newton jeta un coup d'œil à sa montre cassée et ouvrit le réfrigérateur.

« Que dirais-tu de manger de l'agneau rôti ? », demanda-t-il, la tête plongée dans le compartiment à viandes. « Ça prend seulement une heure et demie à préparer. »

Les trois amis laissèrent échapper un gémissement plaintif pour exprimer leur désaccord.

« Voici quelque chose qui *devra* changer, papa », répondit gravement Whiffy. « Je cambriolerai moi-même la cafétéria si tu me fais encore manger de ce truc. »

« Je vais appeler ma mère », interrompit joyeusement Paz. « Ce soir nous mangeons *du riz, du poulet, des pimientos et des papas fritas* à la colombienne. Il y en aura assez pour tout le monde.

Vous êtes le bienvenu, docteur Newton. Ma *mamasita* dit toujours qu'elle ne vous voit pas assez souvent. »

« Merci, Pasquale », répondit Bruce Newton, sincèrement ravi. « Comme Whiffy le sait bien, je raffole des plats faits maison. »

Whiffy roula les yeux. Il y avait une différence entre la bonne cuisine maison et la cuisine de son père.

« J'offre un sac de chips à tout le monde », dit Bruce Newton en ouvrant une armoire remplie de sacs de croustilles. « Ça nous permettra de tenir bon jusqu'au repas. Maintenant fichons le camp d'ici. Whiffy et moi ramasserons tout ce beau gâchis demain. N'est-ce pas, mon fils ? »

Paz appela chez lui, puis les trois amis suivirent le père de Whiffy à l'extérieur de la maison et s'installèrent à l'intérieur de la vieille Ford Escort de Bruce Newton. La douce brise nocturne faisait virevolter les rideaux déchirés de *Chez Newton* au travers des vitres éclatées des fenêtres de la maison, et cette dernière donnait l'impression de vaciller.

Tandis que ses amis croquaient leurs chips barbecue tout en écoutant avec avidité le récit du père de Whiffy qui racontait dans les moindres détails comment les robots avaient adopté des personnalités vengeresses et qu'ils ne voulaient rien savoir de rester à la maison malgré ses implorations, Whiffy leva les yeux vers le ciel scintillant d'étoiles et dit doucement : « Merci maman. »

Les choses s'amélioraient. IL SENTAIT QUE CELA POUVAIT ÊTRE LE DÉBUT D'UNE GRANDE AVENTURE.

Ne manque pas

Whiffy dans sa

prochaine aventure !